Trasfondos

Antología de narrativa en español
del medio oeste norteamericano

Segunda Edición

International Latino Book Award 2015

Primer Premio
Best Fiction – Multi-Author

Segundo Premio
Best Latino Focused Fiction Book – Spanish

Trasfondos

Antología de narrativa en español
del medio oeste norteamericano

Fernando Olszanski &
José Castro Urioste
Editores

ARS COMMUNIS EDITORIAL

COLECCIÓN RIOLAGO

Trasfondos
Antología de narrativa en español del medio oeste
norteamericano

Copyright © 2014 Editores: Fernando Olszanski & José Castro Urioste
Copyright © 2016 ars communis editorial
Director de colección ríolago: Fernando Olszanski
Todos los derechos reservados.

ISBN-10: 0-9972890-1-5
ISBN-13: 978-0-9972890-1-5

Portada: Franky

SUMARIO

Presentación de la Segunda Edición de Trasfondos

Después de casi un año de la presentación oficial de *Tras-fondos, Antología de narrativa en español del mediooeste nortea-mericano*, puedo decir con confianza que esta antología ha superado todas las expectativas que como editor alguien puede tener. Las respuestas del ambiente literario en español de todo Estados Unidos y partes de la América hispana, escritores, académicos y críticos, han coincidido en destacar la importancia de *Trasfondos* como texto esencial para el entendimiento de la idiosincrasia de lo latino dentro y fuera de este país, y que como texto literario, demuestra el nivel creativo de los autores locales y que los equipara al mismo nivel de los del mundo hispano.

Con los galardones recibidos en el prestigioso International Latino Book Award del año 2015 en dos categorías: Primer Premio de Ficción como Mejor Antología y Segundo Premio como Mejor Libro de Ficción de Enfoque Latino, *Trasfondos* no solo confirma que la Literatura del Desarraigo goza de buena salud, sino que también crece, ya no hablando solo de las peripecias migratorias, sino que incluye temas diversos y que abarcan la vida de los hispanos ya incorporados en una sociedad multicultural, afectando y siendo afectada por otras *subculturas* de este país, generando las nuevas sociedades del futuro.

Pero la importancia de los galardones y el reconocimiento a este libro, no reside solo en el trabajo de los editores, en la selección, corrección y edición, ni en la editorial que confió en un producto novedoso pero al mismo tiempo de alto riesgo comercial, sino que el pilar del éxito de este libro descansa en dos piezas fundamentales, en la calidad nata de los autores que han prestado su talento, ingenio y esperanzas para conformar esta notable colección de cuentos, sino también en una incansable comunidad que día a día transforma su propia existencia y la de este país, cuyo paisaje humano es tan diverso como los desafíos sociales que se avecinan en una época de poco entendimiento y de muchas confrontaciones.

Por eso debemos celebrar esta segunda edición de *Trasfondos,* porque la creatividad no se detiene, porque el material presentado es de primera calidad, porque el reconocimiento nos dice que estamos en la senda correcta, y porque como punto más importante, seguimos siendo protagonistas de nuestras propias vidas. Porque podemos documentar nuestro paso por este país, porque el futuro es una frontera abierta hacia la aventura de la vida misma, y si ya hemos superado las fronteras físicas, imagínense lo que podríamos hacer con las de la imaginación.

Celebremos, y la mejor manera de hacerlo es leyendo,

porque al leer nos sentiremos reconocidos en estos textos, nos veremos en carne propia detrás de cada adjetivo, de cada metáfora, de cada historia que nos describe como protagonista y testigo. Por eso hay que celebrar antologías como *Trasfondos*. Y la mejor manera es leyéndola.

Fernando Olszanski

Introducción a la
Literatura del Desarraigo

Fernando Olszanski

Aún recuerdo una de las últimas visitas a Chicago del notable pensador mexicano Carlos Monsiváis. Tuve el honor de presentarlo en una conferencia organizada por la revista Contratiempo, en la época que ocupaba la posición de Director Editorial de la misma, y en un arrebato de su habitual agudeza intelectual, él me pregunta, nos pregunta a los asistentes si valía la pena escribir en español en los Estados Unidos, un lugar donde la lengua de Cervantes muchas veces encuentra un ambiente incómodo y a menudo hostil. La pregunta nos sacó de contexto por un momento, pero aquellos que escribimos en español en este país sabemos la respuesta porque la tenemos incorporada en las entrañas. A modo de contestación a esa incisiva pregunta de Monsiváis, nace la idea de preparar antologías que representen el ambiente literario en español en los Estados Unidos. Junto a José Castro Urioste nos planteamos recoger ese guante y presentar la calidad literaria de los que residimos en este país, y de alguna manera introducir para el análisis los temas que trae esta nueva tendencia literaria. Una tendencia que me atrevo a denominar como la Literatura del Desarraigo. La primera antología que propusimos fue *América Nuestra,* una antología a nivel nacional que logró el segundo premio del International Latino Book Award en la categoría Best Popular Fiction en el año 2012. *América Nuestra* presentó a dieciocho escritores de distintas latitudes, pero incorporados definitivamente al espectro literario del español en Estados Unidos. Esta segunda antología, *Trasfondos: Antología de narrativa en español del medio-oeste norteamericano,* se enfoca en la creación literaria dentro del medio oeste norteamericano. Un ambiente que ha sido prolífico y multifacético en los últimos años, literariamente hablando.

Los temas de la Literatura del Desarraigo son varios: la vida del inmigrante, el choque de culturas, los problemas de adaptación, la nieve, la soledad, la lucha social, la desigualdad cultural y económica, y lógicamente, también el desarraigo. Estos temas reflejan el vivir cotidiano del ser latino dentro de los Estados Unidos. Este nuevo fenómeno literario es genéticamente latinoamericano, tal cual lo es la Literatura del Dictador, la del boom, o incluso la Narco-literatura. Este movimiento toma impulso en los años noventa con emprendimientos literarios como revistas, periódicos e incluso editoriales emergentes, pero definitivamente se empieza a consolidar con el advenimiento del nuevo siglo, cuando escritores latinoamericanos que escriben en español y que hablan con idoneidad de las realidades del latino en este país, empiezan a ganar premios literarios a nivel internacional y a firmar contratos con editoriales grandes de Estados Unidos, España o México. Y si bien hablamos de consolidación en la expresión literaria en español en Estados Unidos, cuando hablamos del medio oeste debemos decir que, a diferencia de otras zonas como Nueva York, el sudoeste o incluso la Florida, la inmigración hispana en esta zona, el medio oeste, es más bien tardía, y empieza a manifestarse a mediados del siglo XX con la llegada de los primeros trabajadores migrantes. Estos trabajadores migrantes que tan explícitamente retrata Tomás Rivera en su obra cumbre *...y no se lo tragó la tierra,* uno de los más significativos baluartes de la Literatura Chicana, originalmente escrita en español, y que empiezan a radicarse cerca de los grandes establecimientos industriales. Es en esta época, los cincuenta, cuando Luis Leal intenta la primera expresión literaria en la ciudad de Chicago con la revista ABC. Pero es durante el fin de siglo cuando vemos una sólida efervescencia creativa, que ya no solo abarca lo literario, sino también otras artes. Es en Chicago y en las ciudades más grandes del medio oeste donde las universidades empiezan a darle más espacio al estudio de la literatura y al idioma español, y donde activistas culturales empiezan a abrir canales de expresión multicultural. Creo que es importante marcar diferencias entre la literatura Chicana y la del desarraigo. La primera es inevitablemente circunscripta a los méxico-americanos, Chicanos, como prefieren llamarse, o sea a los nacidos de padres mexicanos en los Estados Unidos, y que tiene una fuerte connotación socio-política. Y si bien hay temas que se entrelazan y trastocan con la Literatura del Desarraigo, no deja de percibirse lo regional, la vida de frontera entre dos culturas muy cercanas una de la otra, pero tan lejanas como el cielo y el infierno. En beneficio de la Literatura del Desarraigo se puede decir que ésta es mucho más inclusiva y abarca ya no solo lo latinoamericano, sino también lo peninsular. Ya no distingue una sola nacionalidad, sino que convierte a América Latina en una sola gran nación y que incorpora a los Estados Unidos con decididas características latinoamericanas. No en vano podemos decir que los Estados Unidos se han convertido en el segundo país hispanoparlante del mundo detrás de México, y sí, superando en número de hablantes a países como España, Colombia y la Argentina. Es el idioma lo que distingue a este proceso literario y cultural, es la lengua el bien común que hermana a todas las nacionalidades latinoamericanas en una. Como profetizó Carlos Fuentes, la patria se ha convertido en el idioma español. Mientras la Literatura Chicana se debate mayormente en inglés y minoritariamente en español, la Literatura del Desarraigo es estrictamente en español, lo que la define certeramente como un subgénero latinoamericano.

Es a finales de los años 90 cuando surge el primer documento que representa la creación literaria en Chicago. John Barry, un visionario profesor de español de la Roosevelt University, edita una antología literaria titulada *Voces en el Viento: Nuevas Ficciones Desde Chicago,* que incluye 24 escritores del área. Lamentablemente John Barry fallece en el año 2002 y la segunda antología en la que estaba trabajando, ahora bilingüe, se publica post mortem. Ya entrados en el nuevo siglo vemos nacer más proyectos literarios de la mano de colectivos culturales, talleres de creación literaria, programas universitarios de maestría o doctorado y de revistas que aúnan distintos tipos de artistas. También surgen editoriales y se publican novelas y libros de cuentos ya no enfocados en el recuerdo del terruño, sino en la vida cotidiana en este país, en la dura lucha del día a día, en el contraste de civilizaciones, en la constante reevaluación de la identidad y en los hijos que llegan, a veces birraciales, biculturales y con una identificación nacional muy diferente a la nuestra. Pero es en la antología donde se puede apreciar una más amplia variedad de tópicos y estilos. Es en la antología que ofrece escritores de distintas formaciones y nacionalidades donde vemos la fusión de todos los orígenes en un nuevo ser transnacional. Es en este tipo de colección literaria donde podemos encontrar que tenemos más en común de lo que nos separa; o llegar a la conclusión de que los latinoamericanos de distintas latitudes coinciden no solo en la lengua, sino también en las disyuntivas económicas y sociales que afectan a todo el continente. Por supuesto que también se han visto antologías promovidas por editoriales multinacionales que quisieron aprovechar el empuje económico de los latinos e inventaron un producto para vender a los despistados, que incluía autores que ni siquiera escribían en español, por lo tanto traducidos, o que estaban de paso por los Estados Unidos enseñando en alguna universidad por un semestre, tan solo demostrando su falta de respeto a los lectores del español en esta parte del mundo.

Ya entrando en el plano de nuestra antología, la misma

se compone de dieciséis escritores, de nueve nacionalidades distintas: argentinos, colombianos, cubanos, chilenos, españoles, mexicanos, peruanos, puertorriqueños y venezolanos. Estos escritores nos han entregado textos de distintas contexturas literarias: relatos, cuentos o capítulos de novela que nos presentan distintas perspectivas y estilos, pero siempre con la visión del latino asentado en estos lares; la del hombre que vive, o sobrevive, en una sociedad que sufre de constantes mutaciones y cambios, y que nosotros, los latinos, somos parte esencial de ese cambio y de esa dinámica. Es cierto que algún lector podría señalar, con razón, que la antología debería tener algún otro escritor, o incluso que podría ser más representativa en las nacionalidades. Pero a veces se debe mantener una cordura cualitativa. La consigna siempre fue presentar textos de escritores que estuvieran a la altura del reto, no siempre, y más importante, no todos están en la sintonía de una propuesta. Los textos seleccionados para participar en *Trasfondos: Antología de narrativa en español del medio-oeste norteamericano,* pertenecen a escritores de probada trayectoria, premiados y publicados en el amplio espectro latinoamericano y estadounidense, lo que nos asegura un caudal de calidad indiscutible.

Por supuesto que no nos olvidamos de lo que desató esta antología, la pregunta original de Carlos Monsiváis: por qué escribimos en español en los Estados Unidos. Y las respuestas son varias pero se llegan a concentrar en algunas palabras que definen nuestra identidad. Escribimos, primero que nada, porque como dijo Gutemberg al momento de crear la imprenta: "Con 26 soldados podemos conquistar el mundo", aunque en español sean 29 las letras que usamos. Escribimos porque es necesario para documentar nuestro paso en este país, decir nuestras verdades, retratar nuestras contradicciones y miserias. Escribimos porque somos hombres y mujeres que tenemos la necesidad de decir, de contar, de denunciar, de gozar, de gritar las vicisitudes de nuestras vidas, de los nuestros y de lo que vemos. Escribimos porque somos testigos del momento que nos toca vivir. Escribimos porque vivimos en una sociedad en la que un nuevo hombre está surgiendo, y ese hombre tiene nuestro ADN. Pero por sobre todo, escribimos para afirmar nuestra presencia en este país, y escribimos en español no para competir con el inglés, no creo que esa sea la estrategia correcta, sino que los dos idiomas pueden coexistir sin fricciones. Hay un espacio cultural, social y emocional para las dos lenguas que nos permite fluctuar entre ellas sin demarcar fronteras, sino lo contrario, abrir canales de comunicación entre los grupos humanos que por una razón histórica, social y cultural han decidido expresarse en una manera diferente. Y por último, porque el español es nuestra lengua, nuestro patrimonio y nuestra elección. Les guste o no, el español está en este país para quedarse. Aquí les entregamos esta antología de narradores del medio-oeste norteamericano, un libro que puede leerse de muchas maneras, por placer, para estudio, o como un infaltable documento a la hora de mostrarnos tal cual somos. Esta antología es nuestra, somos nosotros. Está en nosotros seguir construyendo una sociedad con espacios para todos. Buen provecho.

EDUARDO CABRERA (Buenos Aires, 1955) obtuvo el doctorado en Literatura Latinoamericana, con especialización en Teatro, en la Universidad de California, Irvine. Dirigió el estudio de actuación Teatro Abierto en Hollywood, California, durante 8 años, donde enseñó actuación y produjo más de 50 obras de teatro contemporáneo. Ha publicado artículos sobre literatura y teatro en revistas profesionales de Argentina, Chile, Colombia, Cuba, España, Perú y los Estados Unidos. Ha participado en programas de televisión en California, Florida y Texas, incluyendo su propio programa Latinos en Acción. Actualmente conduce el programa de radio Español en Acción. Es jefe del Departamento de Lenguas Modernas en Millikin University. En el año 2009, publicó Teatro argentino: La dirección teatral en Buenos Aires (The Edwin Mellen Press). En el mismo año recibió una mención especial del jurado del Certamen Internacional Traspasando Fronteras por su cuento "La mejor imagen" (Universidad de Almería, España). En el 2011 publicó *Teatro breve para la clase y el escenario* (Gyldan Edge), que contiene 7 obras breves de su autoría. El College Board y el Educational Testing Service lo han nombrado Chief Reader for AP Spanish Literature and Culture. En el año 2013 recibió el Research and Artistic Achievement Award en Millikin University.

Acompañantes

Eduardo Cabrera

Me dijo que la tratara con cariño, como parte de mi familia, que la había tenido desde que era niño, que me la regalaba porque no podría ponerle precio. Durante todo el viaje se portó como si fuera un dócil ser humano. Mi amiga parlanchina, sin saberlo, había pasado a formar parte de mi familia. Hacía más fácil el viaje a los Estados Unidos el hecho de que con un poco de comida y bastante agua se conformaba.

Con el afán de ahorrarme el dinero que había apartado para el hotel, me paraba a un lado de la carretera y nos echábamos a dormir. Si alguien se acercaba, ella me daba la alarma inmediatamente, repitiendo sus cuasi humanas alocuciones. Nos protegíamos mutuamente. Un testigo desprevenido podría pensar que nos amábamos locamente. Le puse Generosa; tal el sentimiento altruista que la distinguía de los seres bípedos. Traía consigo muchos atributos naturales y de los otros.

Yo estaba ansioso de ver su reacción al entrar en su nueva morada. Ella seguramente soñaba con retornar a su terruño, pero se dejaba llevar como suspendida en el tiempo. Al caer la noche mis ojos amenazaban con cerrarse.

"Un poco más", me decía a mí mismo en voz alta, tratando de darme fuerzas.

"Un poco más", repetía Generosa, acentuando su compañía.

Después de largas horas de aburridas planicies, a lo lejos asomaron majestuosas las voluptuosas montañas bañadas de blanco. Mi compañera tembló, acompañando el súbito cambio de temperatura. Mantuvo un típico silencio, impertérrita, como esperando su derecho a réplica. Yo recordaba el comienzo de nuestra aventura.

"¿Qué trae?", me había dicho el oficial de inmigración. "Sólo a mi compañera", le contesté guiñándole un ojo y cabeceando en dirección a mi copiloto.

No sé si fui yo que soñé con ella o ella que soñó conmigo. Nos mantuvimos pegados, tratando de acumular un poco de calor. Su temblor se confundió con el movimiento de la tierra. Aquellos pequeños ojos brillantes se reflejaron en los míos, penetrando intensamente en el interior de mi ser. Mi acuosa retina produjo olas de simétricas dimensiones. Nadaron nuestras imágenes, dejándose llevar por la corriente sinuosa y gelatinosa.

Un segundo temblor, más fuerte que el anterior, nos despertó. La noche no me asustó; antes bien me provocó a caminar con mi acompañante a cuestas, por las planicies bañadas por la luz lunar. Caminamos hasta que el crepúsculo nos salió al paso. Perdimos la orientación de los puntos cardinales. Las horas trajeron más confusión. Sofocados, intoxicados por el agotador calor californiano, por momentos sentimos que pisábamos territorio mexicano.

Luego de intensos momentos de ininterrumpido andar, infinitas luces coparon el horizonte. Desde arriba observamos el espectáculo, sintiéndonos dioses omnipotentes ante los diminutos luceros. Nos apuramos para alcanzar la ciudad, pero cuanto más avanzábamos, más lejos vislumbrábamos nuestro destino. ¿Cuánto tiempo me faltaría hasta encontrar a alguien de mi misma especie?

No sé qué me produjo alergia, pero comencé a toser tan fuertemente que mi acompañante volvió a temblar, pero esta vez no por un movimiento telúrico. La reconforté con mis caricias.

Por fin llegamos a la ciudad, que más bien era un pueblito fronterizo apenas dotado de los servicios mínimos. Una vez más volví a sentir que estaba en mi tierra natal. Pasamos por un enorme ventanal, tan sucio y descuidado como las ventanas de mi auto. Me pareció ver algunas imágenes que se movían como con una especie de ritmo monótono. Mi curiosidad me obligó a acercarme para ver de qué se trataba. Mi compañera se puso nerviosa. Yo también. Ahora era yo el que actuaba como replicando sus gestos.

Hombres y mujeres se contoneaban al compás de sus máquinas de coser. Encorvados como viejos moribundos, esos seres miserables no eran conscientes de que estaban siendo observados. Me sentí libre, sí, más libre que nunca. Comencé a contar mis pasos; llegué a sentir cómo cada músculo de mis pies, mis piernas, mis glúteos y mi cintura, se apoyaban los unos sobre los otros, como si fuera un efecto dominó, para permitirme un andar armónico, cadencioso, rítmico y hasta monótono. ¿Cómo podía ser yo tan consciente de mis movimientos y de cada una de las partes de mi cuerpo, mientras aquellos seres recluidos tenían una existencia tan poco alerta y tan poco humana?

Estaba pensando eso cuando observé que mi acompañante clavaba sus ojos en los míos, como si comprendiera el objeto de mi reflexión. Eso me impulsó a seguir andando, aunque no podía deshacerme de las imágenes de esos seres que se movían como autómatas. El rugido del motor se mezclaba con el ruido de las máquinas de coser, aunque este surgía de mi imaginación, ya que nunca había yo estado cerca de uno de esos animales metálicos. De igual forma, las líneas intermitentes de la carretera se confundían con las de la ropa que armaban aquellos esclavos de la maquila.

El viaje se volvió a vestir de monotonía. Los autos se apuraban por derecha y me pasaban volando por izquierda. Las nubes cubrían el sol para dejarlo luego encandilarnos sin piedad, mientras las gotas de sudor recorrían mi rostro produciéndome un cosquilleo adormecedor. Las ventanas abiertas no ayudaban sino a permitir el paso de un remedo de cálida brisa odiosa que ayudaba a producir una fatiga generalizada. Los párpados luchaban por no desplomarse, engañándose con la esperanza del "un poco más." Caí en un sopor acompañado de ruidos metálicos.

Luego de largas horas de transitar por infinitos caminos, llegamos al pueblo cuyo destino apenas había vislumbrado. Contaba sólo con un par de nombres de amigos de conocidos. Ellos me habrían de orientar tanto para conseguir trabajo como para buscar un lugar donde vivir. Yo siempre había sido optimista, pues mal que mal todo me había salido bastante bien en mi vida. Pero los dueños de esos nombres se habían ido del pueblo hacía ya varios años, impulsados por la necesidad de buscar nuevos horizontes, luego de haber tenido que soportar persecuciones y corridas de la "migra" (como se conoce a los agentes de inmigración). Los agentes de policía también cooperaban con los del Servicio de Inmigración en numerosas redadas que a diario realizaban en lugares de trabajo donde típicamente podían encontrar a muchas personas de origen latino.

Vi pasar un grupo de reclusas encadenado. Curiosamente, los famélicos seres vestían uniformes de color rosado, medida que sólo servía para burlarse de su masculinidad. El sonido de las cadenas, matizado con el rumor del quejido de algunos hombres, daba un panorama que se asemejaba a aquél de la época de la esclavitud. No, no eran criminales. Simplemente carecían de documentos migratorios cuando se toparon con las fuerzas del orden público. Alcancé a percibir la profunda tristeza que emanaba de aquellos rostros cuyos gestos indicaban una absoluta resignación. Me sentí impotente ante tal panorama desolador. Me hubiera gustado atravesar mi auto para impedir la prosecución de semejante espectáculo vergonzoso. Hubiese querido gritar con toda mi alma, pero en lugar de eso me refugié una vez más en los ojos de mi acompañante. Y pensé en los campos de concentración de la Alemania nazi, y en los campos de tortura de la Argentina de las dictaduras militares, y en el Chile de Pinochet, y en tantas desgracias ocurridas durante décadas de oprobio y represión. Sentí la herida abierta de la frontera. Pero no, eso que estaba viendo no podía ser posible en el país más democrático del mundo. Llegué a fantasear con la posibilidad de haberme equivocado de camino; tal vez mi acompañante me distrajo demasiado.

Por primera vez me sentí solo y sin rumbo fijo. Tendría que conseguir un trabajo si no quería morirme de hambre. ¿Sería posible desandar el camino? Y de ser así, ¿hasta dónde? ¿Me lo permitiría Generosa? ¿Sería tan paciente como para aguantar un regreso marcado por la desesperanza?

Emprendimos el regreso. Apenas pude balbucear algunas frases simples en spanglish, pero me alcanzó para comprar unas latitas de atún y un poco de pan. Con eso sobrevivimos mi compañera y yo; más una banana en estado de descomposición que encontré en un cesto de basura. Aun así, me sentía privilegiado en comparación con aquellos seres vestidos de rosado que circulaban encadenados por las calles.

Concebí una idea que al principio me pareció una locura: trabajar en aquel lugar infernal que había visto a través de un sucio ventanal. Tan pronto como deseché ese pensamiento lo volví a considerar. Se lo propuse a Generosa pero me dio la espalda de inmediato, como si supiera más que yo lo que me deparaba el destino. No me importó. En ese momento no me interesaba más que ganarme el sustento. Incluso consideré el hecho de que mi compañera también había hecho bastantes sacrificios durante el viaje como para merecer un futuro mejor.

El camino de regreso nos pareció mucho más largo que el de ida. Traté de parar lo menos posible; sin embargo, en cada tramo del camino experimenté un cansancio mayor que el anterior. Por su parte, mi acompañante demostraba su fatiga con su silencio.

En cada parada noté que habían puesto carteles advirtiendo sobre el peligro de la gripe A. Estaban en inglés y en español. Se informaba sobre la importancia de vacunarse y que eso podría hacerse de forma completamente gratuita. Pero se debía presentar documentación acreditando la permanencia legal en el país.

"¡Que se pongan la vacuna en donde no les da el sol!", exclamé.

"Sol... sol...", replicó Generosa como si fuera mi propio eco.

Nuevamente el sol de la mañana me encandiló con sus ardientes rayos. Esta vez fue ella la primera en intoxicarse; me pareció verla recostada en el asiento trasero. Yo conducía como en estado de trance. Automáticamente. Concluí que esas imágenes eran simplemente asociaciones libres de mi subconsciente. Pero seguí, cansino...

Me pareció que el ventanal estaba más limpio que antes, pero no obstante era más translúcido. Esos seres que se movían como autómatas ahora me parecían más irreales que antes. Un gemido emitió mi acompañante, como si me quisiera dar una advertencia.

Entré sigilosamente. Nadie pareció notar mi presencia, pues no hubo ni la más mínima interrupción ni demora del proceso laboral. Las máquinas siguieron produciendo con su ritmo monótono. Observé que todos los trabajadores eran latinos, con la excepción de uno que actuaba como si fuera un supervisor o algo así. Nadie hablaba. Recordé a mi acompañante, y pensé que debía estar sofocada adentro del auto.

Estaba profundamente inmerso en mis pensamientos cuando una turba uniformada irrumpió violentamente en el lugar. No entendí ni una palabra lo que vociferaban. Mis recuerdos llegan hasta el momento en que recibí un fuerte golpe en la cabeza. Ahora solo puedo revivir esas imágenes que se repiten como en sueños, mezcladas con las de estos barrotes negros. Ya ni siquiera tengo el eco de mi acompañante.

"¿Qué habrá sido de ella?", me pregunto una y otra vez.

Era una noche cerrada. Todas las voces se apagaban para siempre.

"Sigue con una fiebre muy alta", musitó uno de los guardias.

"Dicen que ya no llegará a ver la luz del día", señaló otro.

GERARDO CÁRDENAS (Ciudad de México, 1962) es escritor y periodista cultural. Tras salir de México como corresponsal en 1989, vivió en Estados Unidos, Bélgica y España antes de radicarse en Chicago en 1998. Es director de *contratiempo,* revista cultural en español en el Medio Oeste de los Estados Unidos. Sus artículos, cuentos y poemas han sido publicados en medios impresos y electrónicos de México, Estados Unidos, España, Venezuela, y la República Dominicana. Su libro de relatos *A veces llovía en Chicago* (Libros Magenta/Ediciones Vocesueltas) ha sido elegido como ganador del Premio Interamericano de Literatura Carlos Montemayor al mejor libro de relatos publicado en 2011 y 2012. Es autor del blog semanal "En la Ciudad de los Vientos" donde escribe sobre literatura y política.

Ladysmith

GERARDO CÁRDENAS

Desde el momento en que descendió del autobús, Cecilia supo que había cometido un error. Una bofetada de aire frío le dio la bienvenida, en tanto las tinieblas de la calle, apenas reprimidas por las tímidas luces del alumbrado público y de unos cuantos y apartados negocios, la envolvieron haciendo destacar aún más su piel pálida y sus cabellos rubios. Le tomó un segundo decidir que lo mejor era volver a tomar el autobús, pero para entonces el 20 de la CTA ya había arrancado, dejándola con la única compañía del maltrecho mobiliario urbano de la parada.

Pero no estaba sola. Sus ojos, que se ajustaban rápidamente a la penumbra, comenzaron a discernir las figuras lejanas y tenebrosas de los otros, en su mayoría hombres, que la miraban desde las esquinas. Serían no más de una docena, ubicados en grupos pequeños, y al otro lado de la Madison. Pero la miraban fijamente y le hacían sentir, sin un gesto ni una palabra, el disgusto de su presencia.

"Soy presa fácil", pensó Cecilia. Miró la señal de tránsito, a unos pasos de la parada, que marcaba la intersección como la esquina de Homan y Madison, en el barrio de Garfield Park. Metió la mano en el bolsillo de su chaqueta y sacó su celular. La pila se había descargado.

"Todo por culpa del pelo", se dijo. No le quedaba otra alternativa que cruzar la calle y esperar el autobús que la llevase de vuelta al Este, por la Madison, hasta la esquina de Damen, donde esperaría el autobús 50 que la subiese hasta la Webster, a pocos pasos de su departamento. Al otro lado de la calle, cerca de la parada, había tres hombres negros, jóvenes, altos y delgados, indistinguibles sus rostros de la oscuridad de sus ropas. Estaban aparentemente inmóviles, pero se movilizaron en un instante cuando, casi de la nada, apareció un automóvil igualmente oscuro, con las luces apagadas. Los hombres se aproximaron al vehículo, hubo un intercambio de palabras, algo cambió de manos, y el automóvil siguió al sur por la Homan. Los hombres siguieron por esa ruta momentos más tarde, pero Cecilia no podía saber si se habían internado por la avenida, o sólo se habían retirado hacia las sombras.

También estaba la puta de ajustados pantalones verde fosforescente, unos cuantos pasos más al oeste. Y el automóvil aparcado sobre la Madison que parecía vacío, pero Cecilia hubiese podido jurar que algo o alguien se movía en su interior.

"Quizás no me han visto, quizás puedo salir de aquí sin que me noten", pensó Cecilia. Pero no más de medio minuto después, un pequeño Toyota que circulaba lentamente pasó frente a ella y se detuvo por un segundo. La ventanilla bajó, y desde su interior alguien le gritó: "¡Puta blanca. Si en cinco minutos sigues aquí te la voy a meter por el culo!".

Cecilia cruzó entonces la calle, que guardó un silencio momentáneo, como desconcertada por el espectáculo de la mujer alta y rubia caminando de norte a sur por lo ancho de la Madison. El silencio duró lo justo para que Cecilia llegase a la parada de enfrente. Tan pronto se sentó, los rumores de la noche se hicieron de nuevo presentes, acompañados por el lejano zumbido rítmico de un hiphop que salía de algún anónimo y maltrecho edificio.

Sentada en la banca, mirando fijamente al suelo, Cecilia reconstruyó la última media hora: alguien le había dado una vaga dirección de un buen estilista. Cecilia necesitaba arreglarse el cabello y, con sólo seis meses en Chicago, no conocía a nadie en quien pudiera confiar. Tomó el autobús pero sin saber cómo se enredó en una animada conversación con una mujer negra, ya vieja, que le recordaba a su profesora de tercer grado. Conversaron tan largo, que cuando Cecilia se dio cuenta, el autobús había pasado por mucho la intersección en la que tenía que bajar.

"Si yo fuera tú, me iría hasta el final de la línea y haría el viaje de vuelta", le dijo la vieja, que vivía más al oeste de la Homan y conocía el barrio.

"No hay problema, sólo serán unos minutos de espera", dijo Cecilia en una especie de arranque de orgullo, de no sentirse derrotada por la ciudad desconocida.

Varios automóviles pasaron, a uno y otro lado de la Madison, y otros más subían y bajaban por la Homan. El autobús no venía. Cecilia miró su reloj y cuando levantó la vista el Toyota estaba otra vez ahí. "Tus cinco minutos se terminaron, puta. Ultimo aviso", tronó una voz desde el interior del vehículo. El Toyota arrancó con rechinido de neumáticos, y volvió a perderse en la noche.

Cecilia miró al otro lado de la Madison, y casi saltó de sorpresa al ver al hombre alto, blanco y fuerte parado en la esquina. Le tomó varios segundos distinguir que, en torno al cinturón que sujetaban unos jeans deslavados y viejos, colgaban la placa, pistola, teléfono celular y otros implementos de la policía. El hombre tendría unos 30 años y era pelirrojo. Cecilia pensó en gritarle para llamar su atención, cuando se dio cuenta que el hombre la miraba fijamente. Estaba por incorporarse cuando notó que la puta de los pantalones verde fosforescente caminó hacia el policía, que no reaccionó cuando ella se paró a su lado y le pasó la mano por el trasero. Sin quitarle la vista a Cecilia, el hombre inclinó la cabeza para oír lo que la puta le decía. Después extendió una mano y la mujer le entregó un paquete. El pelirrojo dio entonces la media vuelta y se alejó del lugar a grandes zancadas.

Cecilia sintió de nuevo que la calle guardaba silencio, un silencio de creciente amenaza. Estaba convencida que varios pares de ojos la miraban desde las sombras. "Me van a violar y en esta esquina nadie va a intervenir", pensó. Asustada, se levantó y, sin pensarlo mucho, cruzó casi corriendo la Madison y comenzó a subir al norte, por la Homan. Sentía el sudor corriéndole por la espalda. Mientras caminaba, pensaba qué podría usar para defenderse – llaves, el celular muerto, uñas, patadas – y se sentía convencida de que el Toyota la seguía. Miró hacia atrás y se dio cuenta que nada ni nadie la perseguían, y cuando miró de nuevo hacia el frente notó la luz del changarrito de sándwiches, casi a una manzana de distancia. "JJ´s Famous Sándwich Shop", o algo por el estilo anunciaban las letras iluminadas en rojo. Sin saber por qué, Cecilia pensó que le vendría bien un sándwich de albóndigas. Recorrió los últimos metros a carrera abierta y casi se estampó contra la pesada puerta de metal.

Dentro del local, unos seis o siete clientes cenaban, mientras los encargados atendían detrás de un fuerte enrejado con aperturas suficientemente grandes para entregar las órdenes y recibir dinero.

De nuevo el silencio recibió a Cecilia. Los clientes levantaron la vista de sus platos y miraron, sin decir una palabra, a la rubia de ojos desorbitados. Ella se fue directamente sobre el enrejado. Una jovencita con el cabello arreglado en trenzas le miró con expresión aburrida.

"¿Qué desea?", le dijo.

"¿Podría llamar a un taxi?", preguntó Cecilia.

La muchacha clavó la mirada en los ojos azules de la visitante.

"Por acá no vienen taxis. ¿Quiere un sándwich?

"¿Cómo que no vienen taxis?", inquirió Cecilia.

"Acá no vienen taxis. Es lo que dije. Este es un barrio negro y los taxis no vienen a los barrios negros. Ahora: ¿qué va a querer?"

"Mira," respondió Cecilia, "no entiendes qué está pasando. Yo llegué aquí por accidente. Tengo que volver, el autobús no pasa, y me da miedo estar en la calle. Si los taxis no vienen, ¿te importaría llamar a la policía?"

La muchacha rió a carcajadas. Otras carcajadas se escucharon desde la cocina, y desde al menos una de las mesas. La chiquilla se metió al interior del local, y en su lugar salió una mujer alta, pesada, vestida con un viejo y manchado delantal.

"¿Qué se le ofrece?", dijo la mujer.

"Estaba diciendo...", empezó Cecilia pero la otra la interrumpió con un gesto de la mano.

"Ya sé lo que estaba diciendo. Acá no vienen taxis y preferimos que no venga la policía. Cerramos en media hora. ¿Va a comer algo?"

Cecilia miró su reloj, luego a la mujer, y dándose media vuelta miró a los otros clientes. Dos de ellos concluyeron su comida, se levantaron y se fueron, mirándola de reojo y riéndose por lo bajo.

"Déme un sándwich de albóndigas y una coca cola. No tengo mucho dinero, pero le doy 20 dólares si llama un taxi."

"¡Albóndigas!", gritó la mujer hacia la cocina, mientras abría un refrigerador y sacaba una coca cola. Parecía haber ignorado el comentario sobre el dinero.

Un joven con el cabello cubierto por una red salió de la cocina y susurró algo al oído de la mujer. Después miró fijamente a Cecilia y comenzó a caminar hacia el enrejado que los separaba. Era un joven de piel oscura y nariz prominente, con un fino bigote sobre el labio superior. No era negro, pero era difícil para Cecilia discernir qué era.

"Buenas noches", dijo el muchacho casi cantando las palabras, y hablando con un acento muy marcado. "Una belleza en problemas, ¿en qué puedo ayudarla?"

"¡Tamir! ¡Carajo! ¡Regresa a la cocina! ¡No metas tu culo iraquí en donde no te han llamado!", le berreó la mujer.

"Ya lo ve usted?", dijo el joven. "No hay respeto. Yo quiero ayudar a una persona en apuros y así me responden. El muchacho volvió la cabeza hacia la mujer y espetó: ¡Por última vez, no soy iraquí!"

"¡Me importa un carajo!", le respondió la mujer.

El joven se arremangó la camiseta y le mostró a la mujer negra un tatuaje sobre el brazo izquierdo.

"¿Qué bandera es ésta Takeesha? ¿Qué bandera?

"¡La bandera de me importa un carajo, capital: vete a la cocina a preparar ese sándwich o voy a poner tu culo árabe de patitas en la calle!", gritó su jefa.

"Es la bandera de Palestina", dijo Cecilia.

"El joven miró fijamente a Cecilia y sonrió. Bien, muy bien", dijo, "da gusto encontrarse con alguien que sabe."

El muchacho volvió a la cocina. Cecilia miró a la mujer, y luego hizo un gesto con la cabeza para indicarle que había dejado los 20 dólares sobre el mostrador. La mujer suspiró, pero no hizo nada hasta que los últimos clientes salieron del local. Entró a la cocina y salió a los pocos minutos con un sándwich que dio a Cecilia.

"Si tienes 20 más, te saco de este problema", dijo la mujer. Cecilia se levantó, sacó otro 20 de su billetera y lo puso en el mostrador. Casi había agotado ahora el dinero que había apartado para la peluquería. Las dos mujeres se miraron en silencio. De un bolsillo del delantal, la negra sacó un celular mugriento y marcó un número.

"Pásame a Ladysmith" dijo. Tras unos instantes, la mujer comenzó a hablar animadamente por el aparato, dándole la espalda a Cecilia. Después cortó la comunicación.

"Tiene suerte, blanquita", dijo.

Cecilia volvió a la mesa. Casi no se dio cuenta cuando el joven palestino se le acercó con un I-pod en la mano. "Escucha esto. Seguro lo conoces."

Cecilia se puso los auriculares y escuchó. Era rap, pero en árabe. Nunca había oído algo así. Devolvió el aparato al chico. "Ni idea", dijo. "¿Ni idea? Es Dam, el mejor grupo de rap de Palestina. Cantan en contra de la ocupación israelí. Mi primo acaba de verlos en Gaza. Tengo todos sus discos. Oye, escucha" dijo el muchacho bajando la voz.

"¿Qué?", preguntó Cecilia.

"Estos negros te están tendiendo una trampa. Si te esperas un poco, yo tengo mi carro acá. Te llevo a donde vayas. Estos negros no me asustan. Me tienen miedo, piensan que soy terrorista. Bueno, tengo un tío que murió en la intifada. No esperes a que te rescaten. Te ahorras tus 40 dólares, y así me invitas una copa. ¿Eh?"

No se dieron cuenta, mientras hablaban, que la mujer había llegado hasta la mesa. Los miró fijamente. Luego le hizo un gesto con la cabeza al muchacho, y se sentó junto a Cecilia.

"Ladysmith llega en dos minutos. Cuando llegue, tendrá su carro por la parte de atrás. Suba al carro sin decir una palabra, sin hacer una pregunta. Si quiere irse con el iraquí este, dos cosas: una, no le voy a devolver los 40 dólares; dos, si le tiene miedo a que los negros la violen, no crea que le va a ir mejor con el nieto de Saddam Hussein. Acabe su plato porque ya voy a cerrar."

Cecilia finalizó su cena. Pronto se vio la luz de unos faros de automóviles. La mujer le hizo un gesto con la cabeza, señalándole la puerta trasera. Cecilia salió del local y se encontró con un Grand Marquis, color crema, magullado, con las ventanillas teñidas de oscuro. Cautelosamente, Cecilia se acercó al vehículo. Cuando estuvo a la altura de la puerta del pasajero, la ventanilla descendió automáticamente, y una voz de mujer, desde el interior, le dijo: "Tienes un minuto para subirte".

Asustada, Cecilia subió, y no había terminado de cerrar la puerta cuando el automóvil ya había partido del restaurante y avanzaba hacia la Homan.

El automóvil olía a una mezcla de sudor, alcohol y cuero. No tenía ninguna decoración. Ladysmith tendría unos 60 años y llevaba el cabello en trenzas gordas, como un rasta. Por la radio se escuchaba una tonada de jazz. Cecilia, como hipnotizada, miraba hacia la calle.

"Thelonius Monk", dijo Ladysmith, con voz rasposa.

"¿Cómo?", preguntó Cecilia.

"Este es Thelonius. En mi carro se oye jazz. Si quieres oír rap o hiphop vete con cualquiera de los negros de este barrio. Si quieres oír pop o mierdas así, te bajo en esta misma esquina. ¿Estamos?"

"Estamos."

Ladysmith dobló a la izquierda en Madison, dirigiéndose al este.

A media cuadra, Cecilia vio de nuevo al enorme policía pelirrojo. "Me pregunto si debí haberme acercado a él", dijo Cecilia, como hablándose a sí misma, en voz alta.

"¿Cómo?"

"Ese hombre, el pelirrojo. Es un policía. ¿Verdad?"

"Ese hombre es Big Red", dijo Ladysmith, "el mayor cabrón de los policías

del barrio. Controla la heroína que consumen las putas de la Homan. Si te hubieras ido con él habrías acabado mal. ¿Cuál es tu problema? ¿Eres nueva en la calle?"

"No soy puta", dijo Cecilia.

"Nena, no sé qué eres ni que haces aquí, pero no tienes ni idea dónde te metiste. ¿No?"

Cecilia le contó lo de la estilista, el autobús, la mujer que le recordó a su profesora, la decisión de bajarse en esa esquina, el Toyota, y el changarrito de sándwiches.

"¿Y usted?", preguntó Cecilia.

"¿Yo? ¿Qué pasa conmigo?"

"¿Quién es usted? ¿Cómo es que accedió a ayudarme? ¿Cuánto le tengo que pagar?"

Ladysmith miró burlonamente a Cecilia. Tony Williams había sustituido a Thelonius Monk en la radio. De su bolsa, que descansaba al lado del posabrazos, Ladysmith sacó un largo cigarrillo mentolado y lo encendió.

"Nena, lo único que tienes que saber de mí es que soy Ladysmith, ésta es mi nave, y tan pronto deposite tu culo blanco lejos del barrio, no vas a saber más de mí. Supongo que vamos al centro, ¿no?"

"No", dijo Cecilia. "Damen y Webster, si le da igual."

"Damen y Webster", repitió Ladysmith con tono burlón, "no está mal por allá. ¿Qué haces en la vida, eres abogada?"

"No, soy maestra. Me mudé hace unos meses."

Ladysmith miró a Cecilia con un poco más de interés.

"Yo también era maestra. Daba clases en una escuela católica. Luego las monjas cerraron la escuela, por orden del obispo. Pero yo tengo mi carro, y con tanto negro que necesita ir de un lado para otro, bueno, ya me entiendes."

"O sea que ¿esto es un taxi?"

"¿Taxi?", preguntó Ladysmith, "¿ves un taxímetro, está pintado de amarillo, tengo un turbante en la cabeza? Soy Ladysmith, y esta es mi nave."

Las dos mujeres guardaron silencio. Ladysmith manejaba rápido y con seguridad. Cecilia no se había dado cuenta que llevaban ya tiempo circulando por la Damen. Los edificios multifamiliares, abandonados y tenebrosos, habían dejado su lugar a algunas fábricas, y estas a su vez ya eran sustituidas por lofts, twoflats y condominios. Ya no se veían más que rostros blancos en la calle, y algunos de ellos miraban con curiosidad al enorme y destartalado automóvil, en cuyo interior viajaban dos mujeres de distinta raza. En la esquina de Webster, Ladysmith detuvo el automóvil.

"Gracias", dijo Cecilia. "Gracias en serio, casi quisiera darle un abrazo."

"No lo hagas. En este barrio, van a pesar que somos lesbianas."

"¿Cuánto le debo?", preguntó Cecilia.

"Seis dólares", dijo Ladysmith.

"¿Seis? Ese recorrido, es por lo menos 15", dijo Cecilia

metiendo la mano en la cartera y sacando otro billete de 20, el último.

"Mis negros no pueden pagar más de 10 por un viaje en taxi. Es lo que cobro. Me da igual. En el restaurante seguro te sacaron todo tu dinero sólo para poderme llamar a que te viniera a recoger. Mira, el día que me pierda en tu barrio, te busco y con tus 20 dólares me invitas una cerveza. Son seis dólares."

"No tengo cambio", dijo Cecilia, "tome los 20."

Ladysmith extendió la mano y tomó el billete.

Cecilia guardó silencio un segundo, y bajó del automóvil. Ladysmith dio una repentina vuelta en "U", provocando el frenazo de otros conductores, y algunas increpaciones, y poco a poco fue desapareciendo al sur por la avenida Damen.

José Castro Urioste (1961). Es peruano nacido en Montevideo, Uruguay. Estudió Literatura en la Universidad Mayor de San Marcos y Derecho y Ciencias Políticas en la Universidad de Lima. Se doctoró en Literatura Latinoamericana en la Universidad de Pittsburgh. Ha publicado *A la orilla del mundo* (teatro, 1989), *Aún viven las manos de Santiago Berrios* (noveleta, 1991), *Ceviche en Pittsburgh* (teatro, 1999), *¿Y tú que has hecho?* (novela, 2001), *De Doña Bárbara al neoliberalismo: escritura y modernidad en América Latina* (crítica literaria, 2006). Ha co-editado los volúmenes *Dramaturgia peruana* (1999) y *América nuestra, antología de la narrativa en español en Estados Unidos* (2011). Ha sido dos veces finalista en Letras de Oro —con su obra *Ceviche en Pittsburgh* y con el libro de relatos *Desnudos a medianoche*— y también en el Premio de Novela La Nación-Editorial Sudamericana, con *Historias de arena*. En 2013 publicó su libro de relatos *Hechizo* en versión digital y fue editor invitado para la *Revista de crítica literaria latinoamericana*. Sus obras de teatro se han producido en Perú, Uruguay y Estados Unidos. Es catedrático de Literatura Latinoamericana en Purdue University-Calumet y reside en Chicago.

Hyde Park

El timbre sonó dos veces. Juan Carlos estaba sentado en el sillón de la sala corrigiendo los exámenes del curso introductorio de Filosofía. Miró su reloj: eran las once de la mañana de un día domingo. Nadie solía visitarlo a esa hora. En realidad, desde que Nela, aquella alumna que se convirtió en su amante, había desparecido, nadie lo visitaba a ninguna hora.

El timbre de la puerta del apartamento sonó por tercera vez.

Hacía ocho años que se había mudado a ese apartamento en Hyde Park. Lo consideró como una compra acertada: buena ubicación, vista al Lago Michigan, no muy grande ni muy pequeño tampoco, los intereses eran bajos, los pagos de la hipoteca estaban al alcance de su sueldo de profesor universitario. Pensaba que así había asegurado su futuro. Quién sabe si algún día se atrevería a venderlo para comprar otro. El solo hecho de embarcarse en el papeleo y el trajín de otra compra-venta lo desalentaba.

Durante esos años su vida había transcurrido dando clases de ética y filosofía en una de las universidades de Chicago, escribiendo artículos en revistas especializadas, viajando a dar charlas sobre Hegel, Hume, o Sartre. Casi sin darse cuenta dejó de viajar a Uruguay, el país de su padre. Tabaré, el último de sus primos que vivía en Montevideo, se había mudado a Michigan antes de la compra del apartamento en Hyde Park. Así que desde hacía un tiempo no tenía a quien visitar en Uruguay. Y aunque Juan Carlos era nacido y criado en Chicago, toda la historia del país de su viejo latía bajo su piel. "Antes las aguas de las playas montevideanas eran claras", solía decirle don Francisco, su padre, cebando un mate. "Cuando iba a Malvín, a Carrasco, o a Punta Gorda, me metía a la playa hasta la cintura y podía verme no solo los pies, sino hasta los pelos de las piernas. Así de clara era el agua". Esa había sido la época en que Uruguay era conocido como la "Suiza de América". La época de la democracia, la libertad de prensa, la seguridad social. Era la época en que Uruguay era campeón del mundo en fútbol. "No te imaginás lo que fue vivir ese dos a uno contra Brasil, en el mismo Brasil. Yo estaba chico, pero fue un carnaval tremendo. Y pensar que ahora no le ganamos ni a Bolivia". Es que todo se cayó de golpe. Brutalmente de golpe. Como si bajaran unas cortinas negras, y al levantarlas se tuviera otro país. "Esos fascistas lo jodieron todo", decía don Francisco, cebaba otro mate, miraba a través de la ventana el blanco invierno de Chicago. Quién sabe con qué carajo empezaron primero: si con la intercepción de llamadas, o con el cierre de un periódico de corte socialista, o con la prohibición de algunos libros, o con la tortura de un estudiante universitario que no tenía quien lo defendiera. "Pero de pronto nos vimos viviendo en un país de miedo. El que tenía una opinión diferente a la de los milicos, caía en cana, en tortura, o era desparecido. Aquí en Estados Unidos, nadie puede entender eso. Nadie. Pero yo, al principio, no creía que estaban sucediendo esas cosas en Uruguay. Eso sucedía en otros países, pero no en el nuestro. Fue tu tío Ignacio, el que me habló del chuponaje. Yo le respondía que debía estar durmiendo mal. Luego me contó que una de sus estudiantes de la Facultad Letras había desparecido. Ahí lo tomé por loco. Lo cosa se puso jodida, cuando tu tío no volvió. Fui a su casa y todo estaba tirado: sus libros regados por el suelo, los papeles, todo, todo. Entonces salí a buscarlo por donde sea. Éramos diferentes, pero era mi hermano, mi propia sangre. Fui a hospitales, a la morgue, a las comisarías, hasta en el manicomio estuve. No había ni rastro de él. Era invierno en Uruguay. Y como vivía a dos cuadras de la rambla, una tarde caminé hacia allá. Pensé que ahí podría encontrar una respuesta sobre sobre tu tío. Claro, no encontré nada. Pero nunca vi el agua de la playa tan revuelta. Como si algo podrido se viniera desde lo más profundo. Al otro día, recibí una llamada anónima: iban a venir por mí. No entendía por qué. Tal vez solo porque estuve buscando a mi hermano Ignacio. Entonces terminé viajando por estos lares. Entonces nuestro futuro fue volvernos en un país de miedo".

El timbre sonó de nuevo. Juan Carlos se levantó. Dejó

los exámenes sobre el sofá. No supo por qué se le había venido a la cabeza esa historia de su padre. Él no podía ser el del timbre. Como ya estaba jubilado, había salido de viaje a media semana a Cincinnati donde tenía unos amigos y no regresaría hasta el domingo muy tarde. Pensó en Nela. ¿Sería posible? Ella aún tenía la llave de la puerta principal del edificio. ¿Sería posible? Más de una vez había soñado despierto que Nela volvía tan de improviso como se fue. ¿Sería posible? Nela, dónde estarás. Nela, que lo ayudó tanto a buscar el apartamento y que luego lo pintó y lo decoró de arriba a abajo. Nela, quien nunca entendió por qué después del 11 de septiembre él había adquirido la manía de explorar en la página web de Al jazeera. "¿Qué tiene que ver eso con la filosofía?", preguntaba ella. "Mucho, porque la filosofía tiene que ver con lo que está pasando en el mundo, y para entenderlo hay que conocer todos los puntos de vista; eso es lo bueno de este país: todos pueden dar su opinión". Nela no entendía de qué servía dar una opinión, si nadie la escuchaba. No entendía por qué Juan Carlos pasaba tanto tiempo escribiendo un artículo en contra del proyecto de ley que buscaba que se colocara un chip en la licencia de conducir que permitiría saber la ubicación de todo el mundo. "Ese proyecto va contra la libertad", le decía él. "¿Cuál libertad?". "Ésta, Nela, ésta que no vivió mi padre en su país, y por la cual mataron a mi tío. Esta libertad que hace que los dos estemos aquí y salgamos a la calle y regresemos a la casa". Pero Nela no creía en sus artículos, ni en sus palabras. Nada cambiaría con ellos. Si querían rastrearlos con un chip, lo harían. Probablemente, ya lo estaban haciendo.

"¿De qué estás hablando, Nela? Esto no es Uruguay ni la Argentina de los 70. Esto no es el Chile de Pinochet". Ésa fue una de las últimas conversaciones que tuvieron. Después ella no vino más a Hyde Park. Después él se resignó a dejarla ir. Se quedó solo con su rutina de profesor. Solo y soñando que un día Nela volvería y estaría detrás de esa puerta. El timbre volvió a sonar. ¿Sería ella? ¿Estaría Nela de vuelta? Juan Carlos se acercó a la puerta, abrió: dos tipos vestidos de traje oscuro estaban allí. Ambos masticaban chicle. Ambos tenían el cabello bien recortado. Uno de ellos, de aspecto latino, llevaba lentes de sol, a pesar de estar en un vestíbulo. El otro tenía pinta de tener ancestros eslavos.

—¿Qué le tomó tanto en abrir? —dijo el latino.

—¿Quiénes son ustedes?

—¿No lo adivina? —respondió el de aspecto eslavo.

—No, realmente, no.

Los visitantes se miraron. Luego, sincronizadamente, mostraron sus identificaciones.

—Capitán Carlos García, del FBI. Él es el teniente Tom Jarroski. ¿Nos deja pasar?

Los hizo entrar. Ambos miraron el departamento como si husmearan.

—Ya sabe a qué venimos ¿no? —dijo García.

Juan Carlos pensó que tal vez querían una carta de recomendación para un estudiante que postularía al FBI. Luego recordó que el semestre anterior había enviado una carta apoyando a Scott Peterson, un alumno que había sido marine y postuló al FBI. Debía ser eso. Seguramente querían más información sobre Scott.

—¿Es sobre Scott?

—A Scott le va bien —dijo el que parecía eslavo.

—Entonces, no sé.

—Queremos los nombres —dijo García.

¿Los nombres? Pensó que había un error. Que seguramente se habían equivocado de apartamento y de persona.

—Díganos los nombres, profesor, y nos ahorramos esta conversación. Sabemos bien quien es usted. Sabemos las páginas de Internet que usted revisa. La de Al Jazeera, por ejemplo —dijo García.

Juan Carlos se sorprendió. Y ellos se dieron cuenta. Le hubiera gustado decirles cómo se atrevían a indagar en eso, que era en contra de sus derechos hacerlo. Pero intuyó que ése no era el mejor camino. También intuyó que no había un error de identidad. Era a él, definitivamente, al que buscaban. ¿Pero de qué nombres hablaban?

—También sabemos de sus artículos.

—¿Está usted en contra del gobierno?

—¿Es esto un interrogatorio? —se defendió él.

—No oficialmente.

—Sabemos bien que usted está involucrado.

¿Involucrado en qué?, se preguntó. Quiso decirles que era un profesor de Filosofía, medianamente pagado, que sí era cierto que veía la página web de Al Jazeera pero que eso no era un delito, que su novia había desparecido y nunca más supo de ella. ¿Nela? ¿Qué había pasado con ella? ¿Tendría ella algo que ver con esto? ¿Ella habría informado de su hábito de explorar en la página de Al Jazeera? ¿Por eso habría desaparecido de su vida de la noche a la mañana?

Entonces vio que el agente de aspecto latino husmeaba sus libros que estaban en los estantes de la sala.

—Sabemos también lo que predica en sus clases. Vamos profesor, quiénes son sus contactos.

—¿Acaso no ha dicho usted en sus clases que posiblemente el gobierno planeó el ataque a las torres gemelas? Entonces pensó en Scott. Sí, quien otro. Él podría haber pasado esa información sobre sus clases. ¿Pero no tenía el derecho a la libertad de cátedra? ¿No estaba protegido por la primera enmienda a la constitución?

—De nuevo le pido que suelte los nombres, profesor.

De pronto escuchó el golpe de varios de sus libros que cayeron al suelo. El agente de aspecto latino los había lanzado desde el estante más alto.

—¡Oiga, usted, no tiene derecho a hacer eso!

Otra ruma de libros cayó al piso.

—¡Qué lecturas tan interesantes, profesor! —dijo burlonamente.

Y otro montón de libros volvió a caer, desperdigándose por el piso.

—¡Le prohibo que haga eso! —gritó con todas sus ganas, como pocas veces lo había hecho en su vida.

No se dio cuenta cuando sorpresivamente sintió un golpe que le cruzó la cara. Nadie lo había golpeado antes y desconocía la sensación. Se descubrió de bruces en el suelo, rodeado de sus libros. Por un instante, pensó en su padre cuando contaba que encontró todos los libros regados en casa de su tío Ignacio. Se tocó la cara y sintió un hilo caliente. Entonces supo que estaba sangrando. Aquí no pasaban esas cosas, pensó. Eso sucedía en el país de su padre, en la Chile de Pinochet. Aquí había derechos, había democracia. Pero el dolor de la cara, como si estuviera a punto de reventar, le mostraban otros indicios.

—Vamos, profesor, evitemos esto, y díganos los nombres de sus contactos.

Juan Carlos alzó la cara y por la ventana pudo ver el lago Michigan: nunca había visto el agua tan turbia, como si algo podrido se viniera desde lo más profundo.

RAÚL DORANTES nació en Querétaro, México, en 1968. Emigró a la ciudad de Chicago a finales de 1986. Desde 1990 hasta la fecha ha sido parte de los consejos editoriales de varias revistas literarias en lengua castellana: *Fe de erratas, Zorros y erizos, Tropel* y *contratiempo*. En 2007 publicó *Vocesueltas*, con prólogo de Luis Leal. En el mismo año, a través de la casa editorial de la Universidad Autónoma de la Ciudad de México, Dorantes (en colaboración con Febronio Zatarain) publicó la colección de ensayos *Y nos vinimos de mojados*, con prólogo de Carlos Monsiváis. En el terreno de la dramaturgia, la compañía de teatro Aguijón, ha producido dos obras de Raúl Dorantes: *Hasta los gorriones dejan su nido* (2008) y *El lunes de León Rodríguez* (2009). En 2010, su obra *De camino al Ahorita* obtuvo el segundo lugar del certamen nacional Nuestra Voces, organizado por la compañía teatral Repertorio Español. En la actualidad Dorantes es profesor de literatura latinoamericana en Saint Augustine College, de Chicago.

Habrás de saber, Alexa

Sí, habrás de saber que la última tarde miré el rostro del Cromagnon. Quisiera escribir esa palabra con una fuente elegante, acaso Franklin Gothic o Garamond, pero estoy ahora en la cabaña inclinado sobre un papel sin líneas. Bien podría ir a la cabecera municipal de Buena Vista, o incluso a Denver, mandarte un correo o llamarte al celular. No: me resisto a ingresar en la mística digital.

Te informo que llegué a Buena Vista hace varios días. La cabaña es un desastre. Dejé un par de Snickers en el gabinete y algún osezno habrá hecho de las suyas para forzar la puerta y hurgar los entrepaños. Azúcar regada, pinceles rotos, telas rasgadas por la mitad... No habrá sido por el cacao sino por las nueces encubiertas. Te hago aquí un recuento de los daños porque pediste que describiera el lugar en el que vive tu monje artista. De acá han salido media docena de esculturas y muchos de mis óleos, *Serie de tres elementos, Bitácora de las estaciones,* etc., aunque —debo reconocer— solo un par vale lo que han pagado por ellos en las galerías.

Te decía que vi el rostro del Cromagnon el diez de junio en esa ciudad que habitas. Eran casi las ocho, tú llegarías a casa hasta muy tarde. Me animé a hacer la caminata porque faltaban dos horas para que la policía de Chicago cerrara el parque que colinda con el lago. Sobre el segundo nivel del muro de contención, el Cromagnon hendía la punta del cincel y un manojo de chispas iba surgiendo del metal y la cantera, esos contornos que habrán asustado a más de un paseante en los días que siguieron. Las piedras que picaba parecían habitarse del plasma de algún dios: una línea potente, una curva, una especie de meteorito que se estrella... A no sé cuántos pies, yo me emocionaba al mirar de pronto una voluta llena de flores o un sol azteca que sacaba la lengua para recordarnos el origen.

Ese diez de junio no había luna. Una hora después, el Cromagnon continuaba en lo suyo ayudado por los rabos de luz que se desprendían del alumbrado público. Ahora estaba por terminar la figura de un rombo o de un león. Yo avancé tres pasos. Y como una iguana hecha de sombras, solo permitió que me acercara hasta un radio de doce pies. Me animé a cruzar el límite un par de veces, pero él, levantando sus instrumentos, retomaba la distancia pertinente. Parecía saber que hay policías encubiertos y que el vandalismo se paga en cualquier ciudad con la prisión. O simplemente le incomodaban los intrusos. Di otros dos pasos, la piel de su antebrazo estaba demasiado pegada al hueso, atravesé la frontera hasta quedar a cuatro pies, se le cayó un cincel y entonces miré su rostro, la mirada ida, el pavor del que ha mirado un enigma y aquel semblante en la bolsa de sus párpados.

¿Te acuerdas del primer encuentro? Descubrimos al Cromagnon cincelando una piedra a la altura de la playa Foster, un cohete espacial o algún otro símbolo que tiraba a lo rupestre. Intuimos tú y yo que ese mural litográfico se extendería hacia el norte. Caminamos lo que nos permitió la última luz del día, limpiando con nuestras palmas la superficie de cada bloque, arena húmeda, corcholatas de Miller y yerbitas caprichosas. La luz final coincidió con la aparición de un bajorrelieve ilegible a primera vista; ya con el ojo alerta supimos que se trataba de un penacho o posiblemente del plumaje de un pavorreal. Tú dijiste: "¡Mira que tienen gracia sus diseños!" También dijiste que el Cromagnon tenía un plan: ir tallando las piedras de norte a sur, primero las de la playa Hollywood, después Foster, así hasta llegar algún lejano día a las rocas filosas del downtown. Hablaste de contactar a uno de los fotógrafos que representas, tal vez a Wilson o Ramírez, para que fuera registrando todo ese material en blanco y negro y a color, en espera de una futura exposición de arte anónimo. Pediste que imaginara la pared de una galería cubierta con graffiti, con volantes que alguien ha dejado pegados en los postes o con los mensajes que atiborran los muchachos en las puertas de los urinarios. Pero el pronóstico fue errado: el Cromagnon no tiene ningún plan. Hallé el sello de su golpe muy cerca de la playa Lawrence: media pulgada de profundidad milagrosamente lograda con un martillo Milani de libra y media, un corte que recuerda la precisión de un bisturí. El oleaje del Michigan caía sobre un tigre de Bengala y un arco arrojando flechas. Ahí tuve una revelación: el Cromagnon esculpe la piedra que lo llama, no importa que ésta se encuentre en el borde del lago o en la cornisa de un edificio.

En ese primer encuentro, acaso por los tenis gastados, nos pareció un lavaplatos o uno de esos jornaleros que están penetrados por el sudor. Se nos ocurrió que su pasatiempo eran las piedras, así nada más, pasatiempo, no su pasión, ni siquiera su paciencia. Esa misma tarde tú lo bautizaste con un diminutivo porque su cuerpo correspondía al de un guatemalteco o boliviano, a lo mucho treinta años, casado, con dos hijos, muy posiblemente indocumentado. "Solo nos falta verle el rostro", así dijiste, pero no había nada más evasivo que su rostro. Entonces dije yo: "Mejor llamémosle Cromagnon".

Ya luego retornamos a tu casa y hablamos de ir a comprar un cubo de mármol en las afueras de Chicago. Querías que yo esculpiera la estatuilla de un animal o de un objeto cotidiano, algo pop o hiperrealista, por ejemplo, una rana o un hidrante. "Yo la puedo ofrecer en los suburbios. Y si alguien la quiere para su jardín, habrá que reproducirla en gran tamaño". También señalaste que en tu cartera no todos los artistas eran de nivel. Y no sé por qué me di por aludido.

Alexa, tú quieres saber cómo vive tu pequeño monje en esta montaña acechada por un gato que se diluye entre las rocas. La cabaña está hecha de polines y cortezas. Hay un panel solar que alimenta de electrones dos bombillas. Además hay una letrina rústica, un par de rifles cargados a toda hora y mi viejo jeep que cada lunes me lleva a Biena Vesta, como le dicen los americanos. En la cabaña se come una vez al día: carne seca revuelta con huevos, una papa cocida, pescado de un río cercano. Hay que bañarse dos veces a la semana y, en lugar de noticieros, hay que mirar la noche con miles de estrellas.

Dices que te gustaría mirar el proceso en que el mármol vaya adquiriendo forma de rana o de hidrante. "Nada más romántico que pasar el verano en la cabaña, recoger cetas y colgar tu ropa a la orilla del río. Estar en el espacio prohibido del artista...y a principios de agosto acompañarte a la bienal de Santa Fe".

También insistes en que te hable de mi ex. Karen y yo coincidimos en San Cristóbal la primera noche de los zapatistas, en una fiesta que dio un coleccionista inglés. Los dos trabajábamos como restauradores de pinturas y cerámicas antiguas, yo egresado de la Academia de San Carlos, ella con una maestría del Instituto de Arte de Boston. Entre martinis dijo que le gustaban mis manos, y a las tres semanas, acompañados de pintores y poetas, celebramos la boda en el Ayuntamiento. Se ganaba lo suficiente para dejarse llevar por la bohemia, pero fueron días desgarrados por la guerra. Karen quiso volver a su país y un diez de abril amanecimos en Chicago. Yo no estoy hecho para el asfalto y el acero. El siguiente diez de abril ella se trasladó a Boston y yo me vine a Denver, luego Aspen, ahí leí un anuncio de clasificados: "Looking for a guardian for a beautiful cabin in Buena Vista". Nunca imaginé que en aquella ciudad de acero estaba una uruguaya de nombre Alexa que habría de creer en lo que producían estas dos manos.

Ahora dices que quieres venir a la cabaña, "cohabitar con tu ermitaño", que juntos podríamos negociar la compra-venta y armar un estudio lleno de moldes, caballetes y utensilios. Ir a la bienal de Santa Fe, montar una página de Internet y visitar Chicago de vez en cuando. No, Alexa. Yo solo quiero escribirte del Cromagnon. Vi el semblante de su rostro el diez de junio, no era el artista sino el arte creándose a sí mismo sobre una piedra casi rectangular. Aquel semblante me hizo ver que es posible ser artista en la ciudad o en la montaña, para uno mismo y para todos, sin tener que poner dos iniciales en la esquina inferior derecha. Puedes venir. Tú sabes que vivo en Chaffee County, Colorado, tres millas al oeste de la Interstate 24. Pero no te prometo que voy a estar aquí. En un valle de más adentro hay una roca desolada.

RAFAEL FRANCO-STEEVES es un artista puertorriqueño radicado en Chicago desde el 2008. Ha
publicado la novela *El peor de mis amigos,* (2007),
la colección de relatos *Alaska* (2007), galardonado con el primer premio nacional de cuento
del 2006 por el Instituto de Cultura Puertorri-
queña. Sus escritos aparecen en varias antologías. Ha colaborado como actor con Halcyon
Theater, y recientemente en la producción de
Lydia del National Pastime Theater. También
se ha dedicado a las traducciones literarias. Su
traducción al inglés de *Llegaron los hippies,* del
boricua Manuel Abreu Adorno, sentó las bases
para su performance "Llegaron los hipsters",
un texto original sobre el proceso de 'gentrifi-
cation' y el destierro emocional del colonizado.
En su revista *Huevo Crudo,* publicó cuentos y
arte de sus pares y ayudó a documentar la gesta
artística de la isla de la década del 1990.

Hongos

RAFAEL FRANCO-STEEVES

a la memoria de Chris Vogt

Cuando tenía equis número de años, uno de los pasatiempos que más disfrutaba era el siguiente: reventar lagartijos. No me acuerdo si era a través de Félix o David, o quizás una combinación de los esfuerzos de esos dos individuos, pero siempre llegaban a mis manos unos petardos chiquitos, medio meñique de largos y de apariencia inofensiva. Entre los mil usos que encontraba para esos explosivos diminutos, figuraba en la lista con peculiar prominencia la destrucción fulminante de lagartijos. David me ayudaba a capturarlos con vigas finas de yerba mala que crecía junto a la quebrada, a las cuales sometíamos a unos nudos complicados que nos había enseñado mi hermano y que nos permitían atrapar a los pequeños reptiles sin estropearlos demasiado. Escaso consuelo para esas criaturas que pronto sentirían el corrosivo sabor a pólvora. Luego de la captura, le oprimíamos los costados de su minúscula cabeza y no le quedaba más remedio que abrir la boca — diciendo 'aaaaahh', como si estuviera pasando por un perverso examen médico. Los petardos eran tan chicos que no nos costaba nada de trabajo entrometerlos en las minúsculas gargantas de los reptiles prisioneros. David los sujetaba con una fortaleza pueril, mordiéndose la lengua y frunciendo las cejas, devolviéndoles la libertad segundos después de yo encender la mecha y segundos antes de que el petardo hiciera ¡pop! y les borrara la existencia en un abrir y cerrar de ojos.

Poco alivio para los pobres lagartijos, cuyos últimos recuerdos eran los redundantes sabores de la pólvora desgarrándoles la vida como un terremoto solar fuera de control, imposible, indecible en el lenguaje misterioso de los lagartijos. David y yo encontrábamos todo el espectáculo muy jocoso. Reíamos como niños porque éramos niños todavía. En nuestro mundo no matábamos, más bien jugábamos. La muerte –aunque una menuda como lo era la de una lagartija anónima, solitaria, que encontrábamos engullendo insectos en los bancos del río– no encontraba dónde alojarse en la sala desordenada de nuestros pensamientos: un reguerete barroco de juguetes, pistolas de plástico y tardes de verano. Todos los muebles estaban ocupados por juegos, petardos, carreras en contra de la corriente del río, vecinos buena gente y vecinos que nos caían mal, carritos, crayolas, avioncitos de papel, pompas de jabón... Por eso, cuando la muerte visitaba con cada lagartijo reventado, no encontraba dónde sentarse para hablarnos un rato sobre cosas a las cuales hubiéramos respondido con muecas irreverentes de aburrimiento, de sueño; cosas cuya geometría difícil no correspondía con el espacio disponible en la sala de nuestros pensamientos.

Hoy cuando me desperté me abatía un dolor de cabeza terrible. En algunos países de habla hispana alguien me hubiera podido preguntar: ¿Te arropa la cruda, no? Pero no estoy en un país de habla hispana, no bebí nada anoche y estoy solo cuando me levanto. La noche se me había adelantado y había perdido todo el día soñando sobre un monstruo que amenazaba materializarse dentro de una olla de arroz frío que nadie se quiso comer en algún otro sueño. Descubrí que si mantenía el arroz caliente, la bestia no se podía materializar. Toda la tarde me pasé velando una olla de arroz hirviendo sobre una estufa de gas, añadiendo agua mientras se evaporaba la que había echado unos instantes antes. Por fin se acabó el gas; el sueño se tornó de súbito dramático, injusto, y me desperté sin darle tiempo a la fiera para surgir del arroz. No sé porque no se me había ocurrido despertarme antes; así me hubiera ahorrado un poquito de gas y la tarde no sería ahora noche. Pero quién sabe por qué uno se comporta como se comporta uno en los sueños.

Otra vez despierto, consciente, con un dolor de cabeza que no podía interpretar, y este hecho a su vez alimentaba el dolor inexplicable, inexcusable. La jaqueca hacía unos ruidos y tenía una textura peculiar que no lograba reconocer, aunque sabía muy bien que había escuchado esos ruidos e investigado ese tipo de superficie áspera un montón de veces en el pasado. Pero hay demasiada carretera entre el pasado y yo; se me hace imposible recorrer tanto valle, tanto paisaje mudo, tanta curva peligrosa justo cuando me levanto y abro los ojos por primera vez en el día. Me interesaba más el cuarto de baño, porque quería deshacerme de una orina que llevaba acumulando desde la noche anterior. En camino al trono de porcelana se me pegaron todo tipo de migajas y sucio a las plantas de los pies. Me fui abriendo paso entre todo este caos doméstico, sacando la ropa del medio con patadas estratégicas, pasos cautelosos que doy por encima de los obstáculos inmovibles debido al peso o porque son propiedad ajena, de mi compañera de penas y amores, y no tengo derecho a tocarlos. Caminé con apuro entre aquella maleza moderna, urbana, que nos ha atrapado en nuestro propio hogar como un laberinto curioso que goza de cierta vida, creciendo y mutando su forma sin consultar con nosotros, enroscándose a nuestras vidas de manera arbitraria, a veces despótico y hostil.

Nuestro departamento es como un país del Tercer Mundo. No existe orden ni democracia; la pobreza es un tirano apestoso y mugriento. No existe tal cosa como waste management en el departamento. Aunque la sala es uno de los distritos que mejor se defiende, el déficit y el desempleo han hecho de ella un barrio triste, demacrado, donde los niños mueren arrollados por los autos lujosos que bajan de los suburbios. Ya estoy acostumbrado a la miseria de mi sala.

Exhibiendo varios rasgos de apatía, me deposité en una butaca vieja frente al televisor. Sabrá Dios el número de nalgas que ha descansado en esta butaca luego de un sueño severo. Me arriesgo a decir que el número sería par. A menos que un fenómeno anormal haya traído hasta este antiguo cojín a un pobre veterano, víctima de alguna atrocidad o barbarie de la guerra inmunda en la que se encontró, de la cual no se pudo escapar sin que antes le amputaran una nalga, hecho que convierte de inmediato la cifra especulada en número none. Como quiera, el reclinatorio estaba destinado a la extinción cuando lo encontré en la periferia de Vern's Recyclable Treasures. Lo rescaté con el camión de un amigo mío. Ahora, cuando me siento en esta silla, pienso en su vida; sus sufrimientos, sus cumpleaños con bizcocho de chocolate, sus amores y sus dolores, la injusticia cometida cuando fue abandonado a la merced de los elementos, como una mascota vieja e inútil, a morir frente a Vern's. ¿Con qué instintos cuenta una butaca vieja para sobrevivir a la intemperie salvaje de un pueblo montañérrimo? Una butaca doméstica no entiende de evolución ni de la Ley de Selección Natural, sólo conoce de salas y compañía, de vinos y periódicos, de pipas y silencios. Cuando la encontré, la salvé del sistema digestivo de un trok de basura, o del esputo y vómito de un borracho errante, o del hacha de un vagabundo en busca de algo que quemar para generar calor en un callejón congelado de invierno. Y ahora, en la revolución de mi departamento, le ofrezco la protección de mis cuatro paredes. Ella me devuelve el favor con la comodidad limitada de sus resortes anticuados, y el mundo afuera sigue envuelto de noche, estrellas y contaminación.

Entonces, frente al televisor, sentado sobre los muelles defectuosos de la susodicha butaca domesticada, me ilumina una noción: la tortura craneal que hace de mis pensamientos un revoltillo salado no es más que el dolor producido por cientos de lagartijos estallando a la misma vez, derramando destellos por los pasillos oscuros de mi cabeza.

"Te lo dije Rafa", me dice la Muerte, desvelada, mientras se sirve un vaso de agua en la cocina de mi espíritu, "pero no me quisiste escuchar".

La Muerte vive conmigo ahora. Habita su propia alcoba abstracta que da a la sala de mis pensamientos. Se ha llevado no sé a dónde varias personas que me hacen falta. Pero no es su culpa. No es la culpa de nadie, me ha dicho en algunas ocasiones. Sin embargo, eso no me ayuda en nada cuando me levanto solo y lloro porque extraño a Chris. Yo quiero que sea la culpa de alguien, para que la pena no pese tanto, pero siempre regreso al recuerdo de los lagartijos y me callo la boca. Dentro de Chris no corría sangre fría. El cuerpo lo tenía lleno de calor y los ojos los tenía llenos de lluvia. La pistola que usó para volarse los sesos no era de plástico ni estaba cubierta con piel de lagartijo; estaba hecha de acero inoxidable y el cañón sabía a pólvora, como los pequeños petardos japoneses de mi juventud.

"¿Qué podría ser peor que una infección vaginal de hongos?", me preguntó una muchacha linda, de cabellos rubios, desde las dos dimensiones de la pantalla del televisor durante uno de los comerciales.

Quizás, si fuera posible, a lo mejor en un sueño, un lagartijo de Río Piedras le contestaría que lo peor del mundo es el sabor a pólvora en la boca.

¿Y quién soy yo para decir que no?

ÓSCAR R. LÓPEZ CASTAÑO ha sido finalista de varios concursos de cuento nacionales en Colombia. Ha publicado los libros de ensayo critico Estéticas del desarraigo (2008), Narrativa Latinoamericana entre bordes seculares (2001) y La crítica literaria o del dialogo cultural con los otros (1996). Además, ha publicado ensayos en revistas académicas de Francia, España, México, Colombia y los Estados Unidos. En proceso de publicación tiene el libro Seis asedios a la ciudad letrada. Es aficionado a escribir Aforemas, breves escritos en prosa de carácter reflexivo. Muestras de aforemas han sido publicadas en revistas de España y Colombia y en semanarios literarios de periódicos colombianos. Es catedrático de Literatura Latinoamericana de los siglos XX y XXI en el departamento de Modern and Classical Languages de Saint Louis University en Saint Louis, Missouri.

Xochitl

Óscar R. López Castaño

A Xochitl lo conocí esa noche en casa de Bertha. ¿Puede conocerse a alguien durante una sola noche? quiero decir: esa noche sentí muy de cerca la peligrosa situación de un amante herido encerrado en el mismo cuarto que su rival. No era una simple amenaza lo que percibía en cada rasguño contra los brazos de madera del sofá. Así había comenzado a actuar Xochitl desde las ocho en punto de la noche, hora en que nos habíamos sentado Bertha y yo en el sofá, Nos apoltronamos para ver en la pantalla chica una película de Alberto Latuada: Corazón de perro. Pocos minutos después de estar allí, dominados por una vigilante expectativa, Xochitl empezó a mostrar su claro y repetido gesto de protesta contra mi cercanía con el cuerpo de la mujer. Mientras ella y yo pronto empezábamos a bajar el tono de voz y dejábamos vagar las manos libres de prohibiciones a través de dos cuerpos inéditos, Xochitl rasguñaba más fuerte y gruñía. El concierto in crescendo era un contrapunto de susurros, tocata y fuga, gruñidos y rasguños en la madera. Por supuesto, lo de Xochitl me impacientaba. Peor aún, me llenaba de pánico, Sin embargo, si Bertha no intervenía frente a esas manifestaciones de violencia era acaso porque nada grave cabía esperar de su amenaza persistente y gruñona. Yo continuaba ganando terreno en un cuerpo que a gritos pedía un hombre. Ahora mis manos no se sentían satisfechas con el recorrido minucioso a través de la piel blanca y suave de la mujer. Los dedos se estiraban hasta alcanzar superficies húmedas, arriba y abajo. Ambos ahora nos disputábamos el placer de la exploración. El esfuerzo prolijo abría trochas y más trochas escondidas. De seguir así, íbamos a dar el paso hacia meandros resbaladizos donde dos cuerpos caerían gustosos a tierra sin inspirar ninguna forma de piedad.

Bertha vivía con Xochitl desde hacía cinco años. Xochitl había conquistado su cariño durante ese tiempo, un día tras otro. Su juego seductor consistió en algo simple: dejaba que ella pasara la mano tersa por sobre su cabeza. Esto ocurría como un ritual cada vez que ella veía la televisión o cuando alguien llamaba por teléfono. Bertha, por su parte, le permitía besarla o mejor diría yo, pasarle su lengua húmeda por los labios y la cara. No es difícil imaginarlo alargando su lengua lisonjera con la glotonería de una novia que saborea un helado de fresa un domingo veraniego. Ahora que conocía de la relación entre ambos, no me resultaba difícil imaginarlo olisqueando su cuerpo cada vez que la agraciada mujer regresaba de la jornada de trabajo. Y esa noche Xochitl no quería saber nada de intrusos en su territorio. Sus cinco años de entrega servil a las caricias de ella constituían una experiencia meliflua, posesiva y egoísta. Es obvio que no estaba dispuesto a compartir con nadie su conquista. Esa noche, en cada gruñido o rasguño, enviaba un claro mensaje de que no estaba dentro de su presupuesto ceder un sólo milímetro de esa historia que yo encontraba monótona y absurda. Aunque eso sí, edificada con irrenunciable fidelidad.

Cuando me di cuenta de que las cosas sucedían demasiado pronto; quiero decir, mientras palpaba los recovecos oscuros y húmedos del cuerpo de Bertha, y mientras sentía que espesos humores del mío no eran ajenos a sus finas manos de mujer empleada en menesteres oficinescos, le pregunté de forma sorpresiva: "¿No te parece que vamos demasiado rápido?"

"What do you mean?" Mi pregunta de veras la sorprendió. Ella, desde el mismo momento en que la conocí, me había hablado en español. Desde entonces siempre había usado el tú cuando se dirigía a mí. También había notado que esgrimía el inglés para mantenerme a raya cuando mediaba alguna molestia entre nosotros. Más tarde me percaté de que en el momento de la interrupción, ya sumergidos sin retorno de la manigua íntima, no había tenido en cuenta que Bertha era de Cincinnati, y a pesar de que su español bastante decente lo había aprendido en México, le había hablado en forma metonímica olvidado de que a la gente de los Estados Unidos no hay que hablarle de ese modo; casi que se requiere pronunciar las palabras apuntando de manera directa hacia la cosa designada. Esta es una de las varias manifestaciones de su pragmatismo.

"Hoy es la primera vez que entro en tu casa".

Para Bertha era suficiente que yo le gustara. Quizá, a través de la puerta del sexo podrían abrirse otras puertas menos tangibles como las del sentimiento y la ternura. Su mirada, entre irónica y censuradora, me confirmó la noticia que tenía de que las mujeres de los Estados Unidos eran directas y, en asuntos de sexo, prescindían de toda forma retórica o laberíntica conducente a descifrar o a mantener los enigmas de la seducción. En un país preocupado por medir el valor del tiempo en dinero, la seducción podría interpretarse como un desperdicio injustificable o como un tema rentable en telenovelas de mediodía.

La conocí una mañana húmeda de verano en el Good Samaritan Hospital. Yo había ido a buscar la oficina de Therapy and Rehabilitation. Un mes antes, la noche de un viernes, durante un partido de fútbol de salón había caído en forma aparatosa. La disputa de un balón cruzado me dejó frente a un contendor más rápido. El peso del choque hizo que mi cuerpo cayera sobre la rodilla derecha. De inmediato, fui remitido a que se me practicara una cirugía. Era inevitable. En la caída se habían echado a perder el menisco y el ligamento. La recuperación exigía sesiones intensivas de terapia dirigida. Esa mañana iba a la primera cita. El hospital, un monstruo situado en la esquina de Martin Luther King con Whitfield, devoró los últimos restos de la mínima capacidad que he tenido para orientarme. Al entrar, la recepcionista, entrenada en identificar clientes y visitantes sin norte, me indicó hacia dónde quedaba el quinto piso East. Sin embargo, tan pronto salí del ascensor el agudo talento para la desorientación, me puso en la dirección contraria. Una joven mujer de piel blanca, ojos verdes y cabello rubio rizado me preguntó si podía ayudarme. Me cautivó tanto la gracia de la muchacha que aun si no hubiera necesitado ayuda, algo hubiera inventado para tener el disfrute de caminar a su lado. Sus encantos habían estremecido los cimientos de mi natural tímido. Con el tiempo llegué a comprender que el cuerpo no cumplía en Bertha más que una función biológica. Quiero decir, acostumbrado como estaba en mi país al deleite tropical de ver pasar desafiantes cuerpos inflados por el contoneo y el frote de faldas vaporosas que llevaba a imaginar paraísos efímeros, observar que en una mujer las piernas servían para desplazarse de un lugar a otro o para llenar la cubierta de revistas sensacionalistas, me forzó a fijarme en otros códigos. Se trataba de un imperativo si en verdad quería encontrar el oasis del deseo no saciado. El hecho de sentirme un ser desorientado, visitado de súbito por la suerte, ameritaba un vino acompañado de la mujer de cabello rubio rizado. La sesión de terapia me hizo olvidar la dicha de caminar al lado de la guía. La terapista, enfundada en una sudadera azul oscura, sentó su mole primer mundista sobre mi lastimada rodilla colombiana. El dolor fue terrible durante la media hora que permanecí en el lugar. La mujer, a pesar de mirarme con el afecto neutral moldeado de tanto lidiar con pacientes adoloridos todos los días, por momentos me hacía pensar que, dispensada por los gajes del oficio, disfrutaba del poder de aplastar a un hombre con su cuerpo enorme.

Llevábamos consumida una botella de un merlot chileno, cuando no supe en qué instante ni cómo, si con la cabeza o con sus extremidades superiores o inferiores, Xochitl había tirado las botellas y copas de vino sobre el piso. El estruendo provocado resultó demoledor. La sensación que sentí es comparable a la que el poeta mexicano debió haber padecido cuando se inspiró para escribir el poema que dice "trompetas del fin del mundo / interrumpidas para dar paso a un comercial". Xochitl gruñó de nuevo. Bertha, sin inmutarse, le dijo: "Don't do that darling, don't do that anymore. That is not nice".

Encontré tan tibio el regaño a Xochitl que la oportunidad de su falda arriba de la rodilla dispuesta a llevar hasta el final el forcejeo voluntario de manos, dejó de parecerme una pose tentadora. Me puse de pie, en el acto. Bertha comprendió que el diálogo de dos cuervos en efervescencia no podía continuar. Entonces llamó en tono un poco más enérgico a Xochitl. Hizo un gesto con la mano y se levantó enseguida. Él la siguió. Caminaron hasta el fondo y atravesaron una puerta. Un rato más tarde supe que se trataba del patio de la casa. Bertha, luego de un par de minutos, regresó sola. Sin proponérmelo, había permanecido de pie y con las manos cubriéndome el sexo. Xochitl ya no estaba en escena como una amenaza peligrosa. Bertha me llevó de la mano hasta su cuarto. La cama era grande, como de matrimonio. Estaba tendida con tan buen gusto que me sentí un Carlos III sentado en el trono posando para un cuadro de Goya. Allí me enteró que la primera vez que un hombre había subido en su cama, había sido un mexicano, su único novio, con quien había llegado a formalizar matrimonio. Todavía conservaba la argolla de compromiso. Nunca tuvo tiempo de devolvérsela. El hombre había abandonado los Estados Unidos sin dejar rastros de su paradero, asqueado de la forma como las autoridades norteamericanas resuelven el asunto de los ilegales en la frontera. Era un médico cirujano que se preparaba para tomar los exámenes de ingreso en la Universidad. Era de origen humilde y después de reunir el dinero ahorrado durante toda su vida, había venido a los Estados Unidos para obtener el título de médico internacional. Un día, mientras leía por vía internet la prensa de su país, leyó de casualidad la noticia de diez mexicanos asesinados a tiros en las aguas del río Grande, donde las autoridades fronterizas solían acabar con los llamados wet-back o mojados que intentaban cruzar la frontera a través de sus aguas. Uno de los muertos era su mejor amigo de infancia. El impacto de la noticia puso fin a su sueño de doctorarse al norte del río Bravo. Bertha, testigo ocular de su ira non santa, después de un par de meses de espera apagó sus ilusiones como se apaga un cigarrillo con el zapato.

Su piel rosada lucía fresca y lozana como a la espera de un hombre en vigilia de meses sin el cuerpo de una mujer. El cuadro de deseo que conformábamos juntaba el hambre con la necesidad. La lámpara de noche me hizo penar que el tango aquél había surgido de una experiencia idéntica. A media luz los besos, a media luz los dos empezamos a desfogar la vigilia sexual de años y de meses. Xochitl afuera acrecentó su algarabía. Debía presentir los movimientos salvajes en el cuarto que él había frecuentado por cinco años. La verdad, confieso, que el estremecimiento de las frágiles

77

paredes de la casa me pareció la consecuencia natural de dos cuerpos debatiéndose en los afanes por descubrir mutuos territorios secretos. La violencia en el tira y afloje de las sábanas, cuando intentábamos el juego de esconder los últimos restos del descubrimiento, arrastró los discos compactos apiñados sobre los parlantes del estéreo. La guerra sin descanso, que dejó los dos contendientes en un regocijo intenso y jubiloso, fue interrumpida por la propia Bertha. Debió relacionar bullicio con amenaza. Nos vestimos de prisa. Me advirtió del peligro con un "be careful" y un gesto insinuándome que algo se había salido de su cauce. Fue hasta el patio y abrió la puerta. Xochitl, por lo visto, fue descubierto en el acto de tramar algo porque la mujer tardó unos segundos en aparecer en escena. El salto de él sobre ella me llenó de pánico. De manera instintiva me llevé las manos hasta proteger el ahora flácido tesoro de la felicidad brindada aquella noche. Él la abrazó como intentando convencerse de que estaba viva, de que nada había sucedido. De que su cuerpo estaba intacto. No aguanté más. Salí. Bertha sólo atinó a decirme: "I am so sorry, I am so sorry". No me importó que a la salida a la noche la lluvia me abofeteara despiadada. Llovía a cántaros a tal punto que las aguas desbordaban los canales y se trepaban a las aceras.

En el tiempo, y en la distancia, habría de valorar esa noche como la más memorable e intensa entre nosotros. Nunca más la visité en su casa. Ella tampoco insistió, como si entre los dos hubiéramos sellado un pacto en el que la mención de Xochitl podría convertirse en la estocada final contra delicias prometedoras y regocijantes. Las noches de sexo y licor que viviríamos en mi apartamento durante ocho meses, luego de aquella jornada nocturna, jamás alcanzaron a tener el desenfreno y derroche de furor, pasión y temor triangular como la primera y última en lo de Bertha. Un viernes le dije que había decidido regresar a mi país. Ella sólo atinó a repetirme varias veces: "That is very unfair, it is very unfair". Después colgó el teléfono. Su beso en la mejilla me recordó la firmeza con que los nazis decidían el destino de los reos en la segunda guerra mundial. Fue el postrer contacto físico entre nosotros. Ocurrió la tarde anterior a mi partida. Vino hasta mi apartamento para devolverme varias novelas que le había prestado y un par de discos compactos de música salsa.

Desde mi ciudad natal le envié un par de cartas. Jamás recibí respuesta o gesto alguno de que las había recibido. Dos años y medio, más tarde, con ocasión de una conferencia de literatura volví a visitar Cincinnati. Tan pronto pude, llamé a Bertha por teléfono. Me saludó con un "cuánto gusto escucharte". Le anuncié que quería pasar a visitarla en su casa. Mi sorpresa fue enorme cuando de inmediato escuché unos ladridos muy fuertes en el auricular. Bertha interrumpió el inicial agrado evidenciado en su saludo: "¿Es Xochitl?"

"Sí." El sueño de otra noche de penumbras, licor y contrapunto de urgencias se deshizo ipso facto. Nunca más volví a saber nada de Bertha, mucho menos de Xochitl. Estoy seguro que si volviera a verme a su lado sería capaz de arrancarme de un mordisco mis armas varoniles. Tanta, estoy seguro, es su rabia acumulada.

ANA MERINO dirige el MFA de escritura creativa en español de la Universidad de Iowa. Ha
publicado siete poemarios: *Preparativos para un
viaje* (Premio Adonais 1994; Edit. Rialp 1995,
2a edic Reino de Cordelia 2013), *Los días gemelos* (Edit.Visor 1997), *La voz de los relojes* (Edit.
Visor 2000), *Juegos de niños* (Premio Fray Luis de
León, Edit.Visor 2003 / traducido al inglés y
publicado por Harbor Mountain Press, 2012),
Compañera de celda (Edit.Visor 2006 /traduci-
do al inglés y publicado por Harbor Mountain
Press , 2007), *Curación* (Accésit Premio Jaime
Gil de Biedma, Edit.Visor 2010) y el infantil
Hagamos caso al tigre (Edit. Anaya, 2010). Una
antología de su poesía ha sido traducida al alemán por teamart Verlag Zurich, 2009. También
es autora de la novela juvenil *El hombre de los dos
corazones* (Edit. Anaya 2009), cuentos en antologías y las obras de teatro, *Amor: muy frágil* (Edit.
Reino de Cordelia, 2013) —que dirigió y estre-
nó en Zúrich en 2012—, y *Las decepciones* (Edit.
Literal, 2014). Tiene además el ensayo acadé-
mico *El Cómic Hispánico* (Edit.Cátedra, 2003) y
una monografía crítica, *Chris Ware: La secuencia
circular* (Edit. Sinsentido, 2005).

El vacío que queda

ANA MERINO

Lo más difícil fue hacerse a la idea del espacio que dejaba la ausencia de su hija. Acostumbrarse a sentirlo todo en
un nuevo tiempo amargo y vacío. Asumir su desaparición
como otra realidad que definiría su vida por ahora. No había sido un absurdo tornado, ni un desdichado accidente.
No había un rastro concreto que lo relatase, que describiera
la tragedia de esa desaparición súbita. Tal vez esa desazón,
esa impotencia, el no saber, era la parte más desoladora de
aquella desgracia. La señora Dolan resoplaba su dolor con
suspiros silenciosos mientras pasaba la bayeta sobre las mesas pringosas de sirope y mantequilla.

A la vieja Maggie Curtis, mientras esperaba a su hijo
tomando una taza de té con limón, se le partía el alma contemplando la entereza de la señora Dolan. Quería tener palabras de consuelo, un guiño de esperanza que pudiera de-
volverle a la Señora Dolan la cálida alegría de su entrañable

temperamento. ¿Cómo inventar consuelo y esperanza en un vacío tan inquietante? Maggie Curtis se sentía incapaz y odiaba la amabilidad fervorosa y cínica de las otras vecinas que se acercaban al restaurante para abrazar y recordarle a la Señora Dolan que Dios estaba pendiente de todo, que su amor infinito daría sentido a todo ese sufrimiento. La señora Dolan bajaba la cabeza y escuchaba silenciosa la retórica de aquellos disparates que celebraban el amor incondicional de Jesucristo y la voluntad divina, como las pistas milagrosas que resolverían aquel doloroso misterio. Lilian, la hija de la señora Dolan, había desaparecido hacía poco más de un mes. Una desaparición alarmante de la que la policía no había sido capaz de descifrar la más mínima pista. Todo eran conjeturas que no albergaban un final feliz. Una muchacha de treinta años con dos niños pequeños, de cinco y siete años, no desaparece por su propia voluntad. Para llegar a esa conclusión no necesitas ningún título especial de investigador. Tal vez por eso los dos policías que llevaban el caso se sentían profundamente frustrados. No estaban frente a un caso de violencia doméstica, su esposo se encontraba fuera de toda sospecha, aquella desaparición había coincidido con su turno de maniobras en una de esas guerras absurdas al otro lado del mundo.

Uno piensa que en la seguridad del hogar no puede pasarnos nada, pero la desaparición de la hija de la señora Dolan era una clara muestra de lo contrario. Su rastro se perdió un viernes recién comenzado el mes de mayo. Dejó a los niños en la escuela y volvió a la casa. Su coche todavía estaba dentro del garaje. El desayuno quedó sin recoger y algunas bolsas de la compra, con rollos de papel de cocina, jabón y detergente seguían junto a la lavadora. ¿Qué pasó aquel día? ¿Dónde estaba? ¿Por qué desapareció? Nadie había sabido responder a esas preguntas que todos se repetían en silencio mientras miraban con lástima a la señora Dolan. Se la veía entera, coordinando con diligencia la rutina del restaurante familiar. A su yerno Marcus, el introvertido esposo de su hija Lilian, le concedieron tres meses de permiso. Marcus había dejado la guerra del desierto para sumergirse en una paternidad responsable y forzada que le hacía más hermético. Su esposa se había evaporado y con ella la armonía familiar que tanto le agradaba cada vez que volvía de sus operaciones bélicas. Ahora se sentía desorientado, sin entender bien la lógica de la investigación del caso que parecía no encontrar ningún indicio. El mes se alargaba hacia otro nuevo mes, y con los días del calendario llegaba la lengua viscosa del calor húmedo con sus tormentas de verano. Marcus trataba de imitar los hábitos de su esposa. Llevaba a los niños al colegio, preparaba las tortitas con arándanos los domingos en la mañana, ayudaba a Tomás, el mayor, con las tareas de clase y dejaba que Adam se entretuviese con las piezas de madera y los cochecitos que les había comprado en uno de sus permisos anteriores. La señora Dolan se acercaba todas las tardes a ver a sus nietos. Los acompañaba durante la cena, como queriendo llenar el hueco doloroso de la ausencia de su hija. Adam siempre preguntaba por su mamá y ella, haciendo de tripas corazón, respondía con un tono animoso:

"La están buscando, venga come, ya pronto sabremos dónde está".

El pequeño hacía bolas con la comida en la boca y no se conformaba con una sola respuesta. Preguntaba por Lilian machaconamente hasta quedar agotado tras una pataleta de llanto y mocos. A los cinco, años los niños ya pueden intuir las desgracias. Su hermano Tomás, que había heredado el carácter introvertido de su padre, se quedaba en silencio y observaba sin inmutarse las rabietas de Adam. El semblante del padre y el hijo mayor era casi idéntico. A la señora Dolan le impresionaba el gesto retraído de los dos rostros. Sobre todo en el niño que, al igual que el padre, parecía querer conjurar la ausencia de Lilian con un mutismo helador. La composición de aquella mesa resultaba extraña, por un lado la señora Dolan conversando con un Adam preguntón y revoltoso, mientras que al otro lado Tomas y Marcus masticaban en silencio, tragándose en pequeños bocados la amargura sin rastro de aquella desaparición.

Muchos días la señora Dolan rompía a llorar dentro del coche cuando lo arrancaba para volver a su casa. Ya habría acostado a los niños arropándolos con dulzura, ya habría recogido la cena y le habría deseado las buenas noches a Marcus con su mejor sonrisa. Él le habría respondido con un gesto afirmativo y un murmullo ininteligible desde el sofá mientras cambiaba constantemente los canales de la televisión con el mando. Todos los días se dibujaban idénticos. El restaurante durante el día y la cena por la noche con sus nietos. Vigilando para que el ritmo de la vida no se alterase demasiado y así la desaparición de Lilian no resultara tan angustiosa. "¿ Tal vez tiene un amante y se ha fugado?", la señora Dolan trataba de imaginar ese pensamiento. Qué extrañas son las conjeturas de la esperanza. Se pasaba las horas pensando un universo de posibilidades, explicaciones verosímiles que justificaran la larga ausencia de su hija.

Maggie Curtis observaba con tristeza a la señora Dolan cada vez que comía en su restaurante. La sentía envejecer a un ritmo imprevisto. Daba la sensación de que cada semana equivalía a un par de años. La señora Dolan ya no se preocupaba por retocarse las raíces del pelo con ese color dorado que le dulcificaba el rostro. Cabizbaja, limpiaba las mesas y tomaba los pedidos de forma meticulosa, como si al concentrarse en ser la mejor mesera pudiera alejar ese mal presentimiento, ese desasosiego que solo las madres que han perdido a un hijo pueden entender. Maggie Curtis lo entendía mejor que nadie, pese a su discreción, ya que no era su estilo mascullar en grupo esencias de pesadumbre ni comparar lo incomparable. En Maggie Curtis se albergaba la amargura de una antigua desgracia, donde el episodio de Lilian parecía haber despertado sus propios fantasmas.

Es la empatía con el sufrimiento ajeno lo que más estimula las heridas, y saca de dentro un abanico de angustias reales o imaginarias. Incluso para las beatas que trataban de consolar a la señora Dolan y se refugiaban en los argumentos de la protección divina, el amago de verse reflejadas en el padecimiento de su vecina les inquietaba profundamente. Sentían que ya no podían fiarse del remanso de paz de sus jardincitos de césped recién cortado, ni dejar abierta, con solo la mosquitera puesta, la puerta de la cocina para que hiciese corriente con los ventiladores y ayudase a neutralizar el sopor del verano por las noches.

Maggie Curtis da pequeños sorbos a su taza de té y suspira. Anuda en su garganta el rastro de su propia pena. En ella se alberga la amargura de una lejana fatalidad de la que nunca pudo recuperarse. Piensa en Natalia, en la risa de su hija. Piensa en lo joven que era ella cuando la tuvo con diecinueve años, y lo feliz que se sintió al ser madre primeriza paseando a ese bebé sonriente en su carrito para que todos vieran lo hermosa que era. Natalia irradiaba en su rostro la luz cálida de la vida nueva. Su hijita, agarrándose a las patas de las sillas y correteando por entre los muebles. Hace un esfuerzo por alargar el recuerdo de sus carcajadas sin que le duela. Le besa la tripa y ella se ríe con fuerza mientras con sus puñitos agarra algunos mechones del pelo largo y abundante que tenía en aquella época. Han pasado tantos años, pero el vacío sigue siendo inmenso. ¡Qué poco dura la luminosidad de los buenos recuerdos!. Al menos ella pudo enterrarla. Velar el dolor de una muerte inexplicable. Nadie te prepara para la muerte de una niña de dos años y medio. El horror de un amanecer detenido en el tiempo. Un infinito de lágrimas en una punzada eterna. Natalia en su cunita con los ojos cerrados no despertó nunca. Nadie supo explicarle a Maggie Curtis cómo es posible que los niños se mueran de un día para otro sin que ninguna enfermedad los acose. Nadie sabe cómo esclarecer la muerte inexplicable de los seres diminutos. En el hospital las enfermeras la miraban con pena, la niña llegó muerta, en brazos de una Maggie histérica que quería encontrar respuestas. También a ella le vinieron a consolar las beatas con la resurrección y los ángeles. Natalia ahora era un ángel en el cielo, pero a Maggie eso no le reconfortaba, le pesaba demasiado la amargura de sus mofletitos fríos y sus puños cerrados. De su adiós imprevisto, de esa rabia con sabor a cristales en el paladar. Ahora tendría cuarenta y cinco, quince años más que Lilian. Todavía se acuerda de cuando Lilian era pequeña y la señora Dolan le daba de comer papillas en el restaurante mientras conversaba con los clientes. Su risa de bebé entonces se parecía tanto a la de su Natalia, que trataba de evitarla con los ojos para no ponerse a llorar. La miraba de refilón y suspiraba muy bajito. Habían pasado por aquel entonces poco más de quince años, pero dolía casi igual que el primer día. ¡Cómo se parecían aquellas dos niñas, de mofletes rojizos y sonrisa contagiosa! Con los años se fue acostumbrando a mirarla. A imaginar a su hija creciendo en aquella niña. Así sería su Natalia con doce años, así a los veintidós. Incluso cuando nacieron los hijos de Lilian se animó a pasar por la casa con regalos para ellos. Lilian tenía un halo de dulzura en los ojos idéntico al de su Natalia.

"Mamá". El hijo de Maggie Curtis se sentó en frente de ella y le apretó afectuosamente la mano.

"Llegas tarde cariño", dijo Maggie contrariada.

"Perdona". Estaba resoplando y con el mono del taller todavía puesto. "No imaginas lo que ha pasado, mejor pide la cuenta y nos vamos".

"Ya he encargado la comida, ¿me puedes explicar qué ha pasado?"

"Mejor te llevo a casa y te lo cuento".

Maggie Curtis lo miró con profunda preocupación. En los ojos de su hijo había un gesto de seriedad nerviosa, en su cara y en sus manos todavía quedaban manchas de grasa de motor.

"¿Qué ha pasado, cariño?"

El hijo de Maggie Curtis se inclinó sobre la mesa y le susurró al oído a su madre.

"Encontramos su rastro, sangre, uñas y pelo, debajo de la alfombrilla de un maletero".

"¿De qué estás hablando?"

"Me pidieron que revisara a fondo los coches que llegaran al taller y diese parte si veía algo extraño."

Maggie Curtis levantó la mirada, sus ojos se cruzaron con los de la señora Dolan que traía su almuerzo en una bandeja. Esbozó una sonrisa forzada mientras trataba de digerir las noticias que le había dado su hijo.

"Ya era hora de que llegases, has tenido a tu madre esperando un buen rato", dijo la señora Dolan mientras acomodaba la sopa y la ensalada de Maggie Curtis en la mesa.

"¿Qué vas a querer comer?", le preguntó con dulzura la señora Dolan.

Los ojos del hijo de Maggie Curtis se empezaron a humedecer, y tuvo que hacer un gran esfuerzo para disimular las ganas de llorar que le entraron. Ya no sentía la adrenalina de aquel descubrimiento, el rastro leve de Lilian y sus uñas azules por debajo de aquella alfombrilla llena de hojas secas y tierra.

"Los asesinos suelen vivir más cerca de lo que uno cree, y sobre todo cometen errores", le habían dicho los policías, "estate atento y dinos si encuentras algo raro".

"¿Algo raro?", había respondido él con la ingenuidad de los que no pueden imaginar la maldad.

"Sí, un rastro, alguna pista".

"¿Cómo?"

"Mira bien los maleteros de los coches que te traigan, y también los asientos de atrás. Busca por debajo de la moqueta si se puede levantar. Aunque te pidan que arregles el motor, tú, mira todo a fondo, busca pelo y sangre, incluso alguna uña".

"¿Creen que la han matado?"

"Tal vez, y puede que haya sido alguien de por aquí. Pero no tenemos indicios de nada. Sólo nos queda tener suerte".

El hijo de Maggie Curtis tragó saliva, miró a la señora Dolan con dulzura, y pidió unas tortitas con arándanos y sirope de arce, como cuando era niño y apenas intuía lo que era la tristeza. Ahora la sentía como una punzada de pedazos de uña azul celeste.

BERNARDO E. NAVIA L. nació en Chillán, Chile, 1967. Después de vivir y viajar por varios países de Latinoamérica y Europa, cursó estudios superiores de Literatura Latinoamericana obteniendo el grado de doctor, en la Universidad de Illinois en Chicago en el año 2002. Sus ensayos, poemas y cuentos aparecen en diversas revistas y periódicos literarios en Estados Unidos, México, Chile y Europa. Ha publicado los poemarios *Doce muertes para una resaca,* (Madrid: Betania, 2001); *Viaje en dos jornadas,* (Indiana: Palibrio, 2011) y el libro de cuentos; *Sin tregua y otros desórdenes urbanos,* (Indiana: Palibrio, 2010). Ha colaborado con cuentos y poemas en diversas antologías. Actualmente, se desempeña como profesor de español en la Universidad DePaul, en Chicago.

Duelo de sur

BERNARDO E. NAVIA L.

a Dahlmann

Lo de los dientes fue después. Bastante después de que Julián se despertara sobresaltado, de que se vistiera y partiera a su casa; a pesar de la hora, a pesar de los ruegos de Victoria para que se quedara, que no se fuera a esa hora. Se le había hecho tarde en el departamento de su amiga y supuso —con razón— al despedirse de ella que las calles estarían casi desiertas. Insistió en no quedarse porque sentía placer en caminar por las calles solitarias y, tímido por naturaleza, le parecía de algún extraño modo que aquella era la única forma de sentirse un poco más importante en medio de los rascacielos de Chicago. Así que mientras le deseaba las buenas noches a Victoria, imaginó el ruido de sus propias pisadas por las veredas solitarias y pensó que ésa era la forma de recordarles a las mudas estructuras que podía caminar entre ellas inmune a sus sombras y geometrías aplastantes.

Antes de salir del ascensor que lo llevaría a la salida del edificio de departamentos en donde vivía Victoria, se estiró las mangas de la camisa por debajo de su campera de mezclilla y pensó vagamente que así se preparaba mejor para asumir la precaución, nunca innecesaria en Chicago, que se requería para caminar por Jackson Boulevard a esa hora de la noche. De modo que cuando salió a la calle se sintió ligeramente más seguro y se dispuso a andar (un tanto presuroso, a su pesar) las cuadras que lo separaban de la estación del tren.

En la calle no había nadie y cuando llegó a la estación sólo vio a un vagabundo que dormía sobre uno de los asientos en el andén. "Aquí tampoco hay nadie", pensó Julián. "Y es raro, porque en Chicago siempre anda gente en las estaciones del metro, no importa cuán tarde sea". Para aliviar una vaga sensación de zozobra encendió un cigarrillo. "No fumes tanto", le estuvo diciendo Victoria antes, durante todo el tiempo que lo cuidó cuando él permaneció postrado por un problema pulmonar. "Si no fumaras tanto, descansaras más y no anduvieras tan tarde por ahí en la calle, te sentirías mucho mejor, ¿no te das cuenta, che?"

Julián sonrió al pensar en ella allí, en esa ocasión, a su lado, junto a su cama de enfermo. Le hacía gracia recordar el afán sobreprotector de su amiga, al igual que sus muchas veces fingida resistencia a aceptar aquellas costumbres suyas, que oscilaban entre la bohemia y la irresponsabilidad.

Abstraído como estaba en sus pensamientos, no se dio cuenta que el resplandor de la yesca con que encendió su cigarrillo llamó la atención de otro hombre en la estación, quien se acercó a pedirle un cigarrillo. Julián no lo había visto. "Thank you, bro", le dijo el hombre cuando recibió el tabaco. "No problem", contestó Julián y sonrió para sus adentros porque ahí estaba Victoria otra vez, terca a irse de su lado, como en la clínica: "Julián, che, no convidés fasos en un lugar tan solo, ¿no ves que puede ser peligroso?"

El lento ruido de unos tacones, proveniente de las escalas que comunicaban la calle con la estación, hizo voltear las miradas de los dos hombres y vieron que correspondían a los de una señora (muy blanca y gorda, observó Julián) que, mirando recelosa a los dos hombres, se dirigió a uno de los bancos, al que estaba vacío; y se sentó a esperar la llegada del tren, mirando con recelo hacia el otro banco, donde dormía el vagabundo.

"Para variar, este tren está atrasado otra vez", alcanzó a pensar Julián, desde su rincón en el andén. Luego observó al otro hombre de la estación. Éste había terminado el cigarrillo y Julián pensó, con un ligerísimo sobresalto, que el hombre extinguía la colilla con movimientos efectuados con una especie de cámara lenta, como son los movimientos en los sueños. "Estupideces", se dijo Julián y volvió la mirada hacia el vagabundo que dormía sobre uno de los bancos. "¿En qué estará soñando?", se preguntó casi sin querer y, antes de formularse una respuesta, dirigió la mirada hacia la gorda.

"Esta señora se mueve como debieron hacerlo las ballenas sobre la tierra en el tiempo cuando tenían patas", pensó Julián y otra vez sin querer, como si no fuera él (lo sobresal-

tó levemente este último pensamiento) se preguntó si sería
correcto ir y preguntarle a la dama si le había costado mucho navegar entre los rascacielos ennegrecidos por la noche.
"No seas absurdo", se recriminó, para luego pensar: "entonces le pregunto si vio gente por las calles. No, tampoco,
claro, cómo voy a andar preguntando estupideces. ¿Por qué
tardará tanto el metro?"

El hombre del cigarrillo se había metido detrás de la columna nuevamente ("con razón que yo no lo había visto",
pensó Julián) y la ballena balanceaba sus patitas y resoplaba
de vez en cuando mirando alternativamente su reloj, la boca
oscura y desierta del túnel desde donde debería aparecer el
metro, al vagabundo que seguía durmiendo, a Julián y otra
vez su reloj. "Lo que yo necesito son unas buenas vacaciones en el campo", se dijo Julián. "A lo mejor, Victoria tiene
razón. A lo mejor necesito dormir más, fumar menos, hacer
más ejercicios, qué sé yo". Y, como el tren se demoraba, se
dirigió al otro extremo del andén para encender su segundo cigarrillo. "Con esa fuerza de voluntad para dejar de fumar, no vas a llegar a ningún lado", le pareció oír a Victoria,
mientras la chica se inclinaba sobre él para administrarle la
medicina allá, en la clínica. Tratando de ocultar con la mano
el resplandor de la yesca, aspiró profundamente las volu-
tas azules. Julián pensó en el otro hombre que estaba en la
estación, el que le había pedido un cigarrillo minutos atrás
y que parecía moverse en cámara lenta, y quiso ir y decirle
que no se estaba escondiendo porque no quisiera convidar-
le nuevamente, lo que pasaba es que ése era el último cigarrillo y no se iba a privar del último del paquete, "claro que

este tipo ni me creería, me miraría con cara de idiota y capaz que se me enoja y yo no ando como para andar peleando con nadie y mucho menos a esta hora. Carajo, ¿por qué tarda tanto este tren?"

Fue cuando avistó de reojo los piececitos diminutos de la gorda y la sombra intranquila del hombre apostado tras la columna, que a Julián se le ocurrió volver a pensar en lo de las profesiones. Se puede adivinar, con marcado acierto, en qué trabaja la gente acá en Chicago a partir de la hora en que abordan el metro. "¿Cómo es eso?", siempre le pregunta Victoria ("a ella le gusta que yo le repita mi teoría, especialmente mientras me administra la medicina", le aclaraba Julián a quien quisiera oírlo) "Mira, los vagones que van llenos entre siete y nueve de la mañana, por ejemplo, corresponderían a los que son abordados por profesionales jóvenes en su mayoría, qué sé yo: arquitectos, oficinistas, bancarios, estudiantes, empleados públicos y privados. Apuesto a que sí. Luego están los vagones más vacíos que corren entre diez de la mañana y dos de la tarde..." Julián exhaló el humo y sonrió al pensar que Victoria lo estaba escuchando con atención, ahí, sentada al borde de su cama de enfermo, ayudándole a sobrellevar los largos embates de la fiebre. "Durante ese horario", continuó Julián, "viajarían los estudiantes que detestan levantarse temprano, los meseros que trabajan para atender a los ejecutivos durante el almuerzo, los jubilados que van a caminar al centro o a hacer algún trámite sin importancia (pero que al menos les mantenga viva su esperanza de estar cumpliendo todavía un papel en la sociedad"), explicaba Julián con timbre sereno, a pesar de los desvaríos de la fiebre causada por sus pulmones infectados, cuando lo de la clínica. Fue por eso que Victoria le sugirió que se fueran unos días al campo, al sur; a descansar. "Este horario también funciona para los trasnochados de siempre, no sé, los bohemios, los desempleados, los que están de vacaciones, alguno que otro artista, ¿entiendes, Victoria? Estoy seguro. No falla. Este país funciona como reloj y nada se sale del engranaje. Basta con que pongas un poco de atención y ya está. Tienes en la cabeza el funcionamiento exacto y mecánico de sus habitantes", concluyó Julián entre un espasmo violento de sangre en la tos.

Y como estaba tan abstraído repasando su teoría, observó como en sueños que el metro llegaba por fin y que el hombre del cigarrillo y la ballena blanca se movían junto con él para abordar el vagón vacío de aquel tren subterráneo del Chicago nocturno.

"En realidad", continuó enfebrecido Julián, "los pasajeros más difíciles de clasificar son los que viajan a estas horas, ¿no? Porque anda a saber tú de dónde vienen, para dónde se dirigen, qué hacen a estas horas, quiénes son realmente. Supongo que no todo el mundo viene de visitar a su amiga. Serán guardias nocturnos, dependientes de negocios donde atienden las veinticuatro horas, bohemios empedernidos a quienes no les importa pasearse en metro un martes de madrugada, qué sé yo".

Fue con alguna sacudida un tanto brusca que realizó el tren que Julián cayó en la cuenta de que no estaba hablando con Victoria y esbozó una sonrisita tímida a su propio reflejo en el cristal. "Soy un idiota", se dijo, "estaba hablando en voz alta". Al momento de arrellanarse en su asiento no pudo evitar oír un resoplido, algo así como una risita nasal, que provenía de los asientos ubicados cerca de la puerta de salida. No tuvo necesidad de mirar para saber que los otros dos pasajeros de la estación estaban sentados juntos y seguro se estarían riendo de él. "Soy un estúpido", se repitió Julián. "Me entusiasmé explicando mi teoría de los pasajeros y empecé a hablar en voz alta sin darme cuenta", y esbozando una segunda sonrisa tímida, dirigió esta vez una mirada a la pareja; casi al instante trató de pensar que era perfectamente normal que el africano del cigarrillo y la obesa que balanceaba los pies se hubieran sentado juntos en el inmenso vagón vacío. "Claro, supongo que a esta hora es bueno hacerse compañía en una estación solitaria, porque uno nunca sabe lo que pueda pasar... Tienes razón, Victoria. Es sólo un detalle más de las características de esta ciudad," dijo o pensó. "No es nada. Sólo un detalle, como la bolita de miga de pan que rodó sobre la mesa de Dahlmann allá, en el sur". Y, tratando de convencerse de lo normal que resultaba que un hombre negro con una inmensa dama blanca se hubiera ido a sentar —sin mediar palabra entre ellos— al mismo asiento apenas abordaron el tren vacío, cerró los ojos y, sintiendo un repentino cansancio, deseó llegar pronto a su parada.

El roce junto a su zapato fue leve. Muy leve, pero absurdamente inquietante. Justo una fracción de segundo antes de abrir los ojos, Julián pensó dos cosas: primero, que aquellos ruidos nasales que había oído no cesaban, sino que además ahora eran más intensos, pues tenían la carraspera típica de las risas contenidas a la fuerza; y, segundo, que deseaba estar durmiendo y que Victoria lo estuviera sacudiendo para quitarle los ronquidos o administrarle la medicina para la fiebre allá, en la clínica. De modo que sólo entreabrió los ojos (claro, no iba a dejar que los otros pensaran que un rocecito en el zapato lo inquietaba), pero fue suficiente como para entender que un roce tan leve como ése podía muy bien corresponder a aquel diente que estaba tirado sobre el piso del vagón, a escasos centímetros de su zapato.

Entonces no supo que fue lo que lo inquietó más, si el hecho de haber reconocido casi inmediatamente a un incisivo superior —un tanto rojizo y húmedo aún—, o el haber pensado si había hecho mal en mirar y darse por aludido puesto que ahora se esperaba algo de él, ¿no? "Quieren que reaccione, que diga algo. Carajo, ni siquiera está el guardia para que venga y los llame al orden a este par".... "Claro, porque tampoco se trata de agacharse, recoger el diente, erguirse e ir a decirles —y para colmo de males mi acento extranjero... ¿por qué diablos no habré practicado más? Victoria, tú siempre me dices: 'practicá más, practicá más...' —bueno, en fin, qué sé yo, no se trata de ir y decirles: 'tomen, de alguno de ustedes es este diente'. Todo esto es absurdo". Y de pronto se le ocurrió averiguar qué cara tendría él porque los otros no cesaban de mirarlo y cuchichear, y se volvió a la ventana para observar por un instante su propio rostro reflejado en uno de los cristales. Por eso que no supo de dónde vino el segundo diente que llegó hasta sus pies.

"Dios santo, éste también está fresco, la cosa se pone fea", pensó vagamente; y, para su propio pesar, imaginó a los gauchos del sur, en ese local de comida, sonriendo con complicidad entre ellos. Entonces no supo si sudaba frío por el tercer diente que rodó hasta sus pies o si lo hacía porque ya se acercaba el tren a su parada y pronto se detendría. "Imposible huir", se dijo. "Me encontrarían igual, apenas me tiraron tres dientes. Y además ésta es una muela. Mala cosa. No me han dejado opción".

Como en sueños, observó Julián que la pareja se ponía de pie y cada uno se ubicaba a ambos lados de las puertas corredizas. "Me van a dejar pasar a mí primero", pensó Julián con premura, "eso me daría un par de segundos, quizás suficientes como para esquivar el primer ataque". Y, cuando el metro se detuvo y se abrieron las puertas, la pareja —con ademanes mínimos— lo invitó a salir. "Al menos, para el duelo, al hombre del sur le dieron un cuchillo para que se defendiera", pensó Julián vagamente y resignado, ausente, con terror, se dirigió a la salida.

Fernando Olszanski nació en Buenos Aires, Argentina. Es autor de la novela *Rezos de marihuana,* el poemario *Parte del polvo* y el libro de cuentos *El orden natural de las cosas,* que fue galardonado con el segundo premio del International Latino Book Award en el 2011 por Best Popular Fiction. Es también coeditor de la antología *América Nuestra, Antología de narradores en los Estados Unidos.* Como artista visual ha participado en festivales de cine y muestras fotográficas en Estados Unidos, Argentina y Japón. Es Director Editorial de la revista *Consenso* de la Northeastern Illinois University. Ha vivido en Escocia, Ecuador, Japón y actualmente reside en Chicago.

Un año

Fernando Olszanski

No sé muy bien por qué regresé. Esa sensación de incomodidad no me abandona. No pegué un ojo en toda la noche. A pesar de la serenidad del avión, del ambiente climatizado, de ese zumbido lento que sirve de sedante para los nervios, o para encresparlos, dependiendo del caso. No paré de pensar ni un instante.

No es que la comida me hubiera caído mal, al contrario, en esa compañía chilena sirven muy bien, la comida es sabrosa y abundante; además, acompañada por el excelente vino que producen allí, que debería haberme relajado, pero no lo hizo. No podría decir que fueran nervios exactamente, ni siquiera se me cruzaría la palabra miedo por la cabeza, después de tantos vuelos ya eso no me pesa. Si hasta la azafata viéndome insomne me ofreció un trago de güisqui para asentarme y descansar un rato. Pero gentilmente lo rechacé. A pesar de que los pensamientos me perturbaban, deseaba seguir haciéndolo, en una suerte de sadomasoquismo intelectual. Tampoco era que quisiera arreglar el mundo por mi cuenta, o estuviera generando alguna tesis social capaz de eliminar el hambre de Somalía. No creo que mi cabeza dé para tanto.

No paré de pensar en ella.

Me conformaría tan sólo con el hecho de saber por qué estoy volviendo a un lugar que estuve feliz de dejar, pero que empecé a extrañar apenas lo dejé.

Digamos que tuve mis motivos para irme. Quizás, los mismos por los cuales regreso, no lo sé. Aún no lo sé

Casi un año se ha sucedido desde que dejé Chicago, días más, días menos. Al arribar, en esta mañana de febrero no pudo recibirme peor que con una de las tormentas de nieve por las que es conocida esta ciudad. Del verano húmedo sudamericano al frío polar de estos lados. Del abrazo al olvido, diría Sabina. Y tiene razón. Si tal vez hubiera escuchado eso antes, quizás, no hubiera vuelto a Sudamérica.

Sé que cada persona tiene periodos de transición. En mi caso, llevo casi ocho años en ese proceso. Y sí, suena a exageración, pero no lo es. Digamos que están a mi favor algunas cosas, como el cambio de cultura, de idioma, de clima, de comida. Pero en general, podría decir también que todos esos cambios los generé yo mismo.

No me fui de mi país por trabajo, tenía uno muy bueno y con posibilidades de futuro, tampoco tuve problemas políticos, eso no me interesa. Ni siquiera tuve alguna historia oculta por la que quisiera viajar en vez de emborracharme por ahí.

Me fui porque sí, porque tuve ganas, porque me aburría, porque me imaginaba que afuera la cosa era diferente, y yo quería verlo con mis propios ojos y que nadie me lo contara. Así de simple.

Los dos primeros años fueron difíciles, lo desconocido, lo nuevo, la fascinación, pero también estaba la constante referencia a lo pasado. A lo que había dejado atrás.

Digamos que, a medida que pasaba el tiempo, iba idealizando cada vez más mi país, y cualquier cosa que se relacionara con él. Comida. Mujeres. Familia. Y no hablemos de los valores morales de nuestra sociedad, a los que nunca les había prestado atención y siempre aborrecí; pero de buenas a primeras se habían convertido en el tope de la condición humana. En esa paradoja necesitaba equilibrar muchas cosas, mi soledad en esta nueva tierra, los pesares que me rodeaban, y el orgullo herido de tener que volver a mi patria con la 'frente marchita'. Algo que no reconocía ni delante del espejo.

Pero en medio de todo, siempre estaba ella.

Esa mujer alta para ser latina, casi tan alta como yo, que soy alto para la gente de esta parte del mundo. Y la mirada tan oscura como su piel, como la noche, como el ébano, como cualquier pensamiento que pudiera tener al pensar en ella. Y sus pechos. Y sus caderas hechas a puro baile. Y los dientes más blancos que jamás había visto. Y aquel acento caribeño sin erres y abusando de las eles. Siempre ella, como centro de toda la confusión.

Puedo decir que al tercer año ya estaba cómodo. Después de lavar platos ajenos, dormir en sofás prestados y comer comida sin gusto y horrible para ahorrar, pude establecerme. Renté mi propio apartamento, las relaciones que empecé a tener fueron más interesantes y duraban algo más que dos o tres encamadas. Podía invitar a mis amigos a cenar afuera sin mirar el precio de las cosas y compré un buen auto. Todo iba bien.

Una empresa me contrató como contador del departamento financiero, un lugar donde podía hacer carrera. El edificio era grande, mucha gente diferente trabajaba allí, y como era una empresa de comidas, siempre había reuniones donde se degustaba algo y los cócteles eran generosos y variados. Todos nos conocíamos irremediablemente. Para bien o para mal.

Yo creía que me estaba adaptando al lugar, pero siempre me inclinaba por la gente que hablaba español, a pesar de manejarme más que bien con el idioma. Era algo que siempre me llamaba al origen. Escuchar música en mi idioma, comer cosas semejantes a las que comía en mi casa, o, al menos, con el mismo bullicio que me recordaba las fiestas familiares. Siempre consideré que una comida es un evento social, más que un ritual de alimentación. Si no se compartía con alguien, no valía la pena comer. Tal vez eso era lo que más extrañaba. La interacción con la gente que me conocía y yo conocía. Ese alcánzame el vino, pásame el pan, gritando de una punta de la mesa a la otra.

Por eso creo que elegí a ese grupo como familia. No puedo decir que me adoptaron. Yo los adopté a ellos, mi necesidad lo hizo. En aquel grupo todos tenían una función. Había un padre, una hermana, un primo. Todos hacían algo dentro de la familia que me había inventado. Incluso, a una de las integrantes le puse el cartel de novia, amante, esposa, lo que fuera posible obtener de ella, pues la quería para mí. Pero había dos problemas con eso.

El primero, era que ella no lo sabía, aunque me moría por hacérselo saber. El segundo, y la razón por la cual no se lo decía, era que tenía dueño.

Y lo menciono así, como si fuera una propiedad, porque creo que trataba de ponerme límites. No sólo para no romper la armonía de nuestra familia, sino, porque sabía que todo iba a ser un embrollo sin fin. Confundirla con lo que pudiera decirle. Darle un vuelco a su vida estabilizada, romperle la paz emocional que no sé si tenía, pero yo quería imaginar que sí, y así tener una excusa más para no hablarle.

Toda la incertidumbre venía en oleadas, entre la familia real y la ficticia, todo me confundía. Porque cada vez pensaba más en los míos, y los ruegos de mi madre, después de tantos años de no verla, me calaban profundo. Pero me había ido de un lado y había elegido otro. Pero en ambos sitios me sentía incompleto. Con espacios que no podía llenar porque algo me faltaba. Aquí y allá, Here and there.

En los años que estuve fuera pasaron muchas cosas en mi ciudad natal. Mi hermana se casó, tuvo un par de crías, a mi mamá la operaron de la rodilla y tuvo un post operatorio de varios meses, fallecieron algunos tíos que nunca veía y mi padre padeció de severos ataques de asma que lo llevaron al hospital.

Cualquiera de esos motivos impulsaría a cualquiera a volver, pero yo, ni ahí.

Si bien me sentía cómodo en mi nuevo país, no me causaba sorpresa el hecho de que no tuviera amigos nativos. Me resultaba preferible la gente que aún sostenía parte de su propio pasado, porque yo también quería sostenerlo, aunque fuera con la memoria distante y con telarañas. Creo que fue así al menos al principio. Porque sé que los dos últimos años fueron tan sólo para estar cerca de ella.

Al principio me pareció que ella era alguien más, simpática, sí, agradable conversación, sí, y buen cuerpo, sí. Pero nada más.

Bien que estaba equivocado.

Porque cada una de sus sonrisas, poco a poco, me empezaron a importar más que recibir el sueldo a fin de mes, porque estar cerca de ella en las fiestas se convirtió en algo más interesante que comer, porque respirar el aroma de su cuerpo, se volvió más necesario que el aire mismo.

Pero ella no hablaba más que de su novio y de sus deseos de casarse pronto.

Yo pobre mortal, ¿qué podía hacer? Heroicamente, callar lo que sentía y ser feliz en su felicidad. O, patéticamente, hablarle de lo mucho que la amaba, y dar lástima rogándole que se escapara conmigo.

Y yo, ¿qué pude haber hecho?

No tengo pasta de héroe. Así que, temblando como una hoja, diciendo las palabras erróneas, eligiendo el peor momento en el peor lugar y estando tan nervioso que necesitaba ir al baño cada cinco minutos, fui torpemente a hablarle de amor.

No sé lo que dije, ni me acuerdo, ha pasado casi un año

desde aquel día, el día que decidí volver a mi tierra después de siete años.

Se me quedó mirando con la boca abierta, no creyendo lo que oía, petrificada, pensando que estaba frente a un delirante que había perdido el juicio.

No esperé respuesta. Fui directamente a comprar un boleto de avión. El primero que dejara Chicago y me depositara en mi país, el regreso soñado, la cura perfecta de todos mis pesares. El escondite adecuado.

Por supuesto que al otro día le envié una carta disculpándome. Allí le explicaba lo avergonzado que estaba de mi comportamiento. Me justifiqué alegando que llevaba varias copas encima, y que esperaba que ese incidente no manchara la gran amistad que teníamos.

Con gran soltura, me contestó que el incidente estaba olvidado, y que se había dado cuenta de que no era yo mismo el que había hablado aquella noche.

El alivio que sentí fue triste, muy triste.

Después de eso vino el regreso bendito, donde durante los primeros meses todos me mimaban. Mi madre preparaba mis platos favoritos y mis amigos y parientes me invitaban a comer para que contara mis aventuras en aquellas tierras, algunas eran verdad, otras, eran historietas de alguien más que había adaptado a mi propia vida y quedaban bien.

Pero los meses se fueron pasando, y la realidad trajo un cansancio de años inusual en mí. Todo había cambiado. Mis padres habían envejecido. Mi hermana había engordado después de su tercer embarazo y su única preocupación era gritarle a sus hijos todo el tiempo porque la tenían cansada con todo el desparramo que hacían. Mis amigos ya no se juntaban a jugar fútbol, estaban demasiado ocupados tratando de mantener a sus propias familias. Y yo tampoco era el mismo.

Mi casa ya no era mi casa.

Me llevó tiempo darme cuenta de que mi mente y mis recuerdos se habían quedado siete años atrás. Todos los demás evolucionaron, pero yo no evolucioné con ellos. Sino que lo hice en otro lugar, en otro sentido.

Fue horrible sentirme un extraño en el hogar que había nacido.

La alegría del comienzo se transformó en una constante incomodidad. Una vez acabado el circuito de recuerdos, la voracidad por recuperar el tiempo perdido fue una rutina desgastante y aburrida. Un año perdido entre recuerdos viejos y recientes.

Mi tierra, mi casa, mi familia habían dejado de ser míos. Y otra vez, empecé odiosamente a comparar, aunque ahora, en sentido inverso.

Ese correo que me había llegado con la invitación a la boda fue como un detonante. Me volvía a Chicago. A su boda, a verla caminar del brazo de otro, sonriente, finalmente feliz y con su sueño cumplido. Y yo, baboso inconmensurable, viendo como mi amor se disolvía como hostia en la boca.

Durante la despedida en el aeropuerto no hubo lágrimas, ni tanta gente, ni tantos abrazos. Sólo el pedido de mi madre de que esta vez fueran menos de siete años, que no sabía si podía esperar tanto tiempo. Me di cuenta de que mi incomodidad los había puesto incómodos a todos.

Las sensaciones se repitieron. La felicidad de dejar un lugar para volver a otro, con lo raro de extrañarlo al mismo tiempo de abandonarlo.

No me sorprendió la distancia emocional de mi familia ficticia. Si bien sabían que volvía a Chicago, los noté algo fríos en el trato conmigo; tal vez ellos también habían cambiado en el año que había transcurrido. Había algunas caras nuevas, y me enteré de la desaparición voluntaria o no de otras. Cada vez que me preguntaban si había vuelto para quedarme, contestaba ausente; en realidad, no lo sabía. Lo cual era la absoluta verdad.

Durante la ceremonia religiosa estuve muy tranquilo. La vi pasar de la mano del padre y que después la entregó al novio, y al cura que hablaba las cosas pertinentes a la situación. A mí me importó un bledo nada de lo que ocurría. Como si todo lo que hubiera pensado durante toda la noche, mientras volaba por nueve horas en mi regreso a Chicago, no hubiera existido.

La ceremonia terminó con el canto de un Ave María precioso que el coro entonó con formidable precisión. En el atrio voló arroz, y hubo sonrisas y lágrimas, saludos, felicidades y buenos deseos. Desde lejos, perdido en el tumulto de personas, observé las emociones de todos, quizás buscando copiar alguna que le sirviera a mi rostro.

Nadie se quedó por mucho tiempo, hacía frío y nevaba; además, la celebración era en un salón del otro lado de la ciudad y tomaría algún tiempo llegar allí a causa de la nieve y la lentitud del tráfico.

Yo había decidido no asistir a la recepción.

Bajé los escalones de la iglesia pisando con cuidado y dejando huellas profundas en la nieve. Ya no había gente allí, sólo algunas palomas que se comían los granos de arroz que aún estaban en el piso.

Una mujer salió a limpiar los escalones y provocó el desbande de las palomas que en bloque dieron un gran círculo por el atrio y por encima de mi cabeza. Las seguí con la mirada hasta que al final subieron a lo más alto del campanario y de allí podían ver todo lo que acontecía, en el atrio, en las calles, en la ciudad.

Yo miré las calles vacías y en ellas el silencio del frío y del viento congelándome las orejas. Me pregunté por qué había regresado, pero me sorprendí con otra pregunta, por qué me había ido. Sólo pensé en el año en medio de esas circunstancias, y suspiré largamente dejando una nube de vapor a mi alrededor.

Miré de nuevo las palomas en el campanario, que parecían esperar a que yo me fuera y seguir buscando algún grano de arroz que se le hubiera escapado a la mujer de la limpieza. Batían alas. Hacían bufidos que sonaban guturales entre la nieve y los edificios.

Al ver lo inquietas que estaban, me di la vuelta y empecé a caminar despacio y sin dirección, pude sentir a mis espaldas el revuelo y la desesperación de la lucha por las migajas. Ellas pertenecían a ese mundo. Al del atrio, al de los desbandes, al del arroz desparramado después de cada boda, al del refugio seguro del campanario.

Caminé despacio por la nieve espesa, resbalando cada tanto, haciendo equilibrio en el hielo, con zapatos y ropa inadecuada para ese frío. Como balanceándome entre mundos opuestos y encontrados, tan sólo unidos por el espacio irrisorio de un año, un año sin días para contar.

LUIS ALEJANDRO ORDÓÑEZ es un escritor venezolano nacido en Boston y reside en Chicago desde 2008. De profesión politólogo, en Venezuela tuvo a su cargo la cátedra de Comunicación Política en la Universidad Católica Andrés Bello. Ya en Estados Unidos, se ha desempeñado como editor, redactor de medios, corrector de estilo y profesor de español. Es miembro del consejo editorial de la revista *contratiempo* y fue parte del colectivo editorial 7Vientos. Ha publicado en diversas revistas y antologías y su novela *Mil y tantos güevones* está disponible en ebook en Amazon.com. En su sitio web laoficinadeluis.com pone a disposición de los lectores la casi totalidad de su trabajo.

La inesperada muerte de Mickey Mouse

Luis Alejandro Ordóñez

El primer día de nuestras vacaciones volví a hacer el recorrido de regreso hasta aquel viaje. Cuando Disney se me convirtió en callar y recordar, reconstruí y clasifiqué recuerdos año por año peregrinando por hoteles, recepciones, archivos y habitaciones buscando no sé qué, supongo que mis raíces, algún detalle o dato que me ayudara a entender o a justificar eso en lo que me estaba convirtiendo y a lo que no podía escapar. Llegué a tener una lista de 17 habitaciones donde con toda seguridad estuve. Pero aun así fueron más los vacíos que las memorias concretas y no debido a los tres cuartos de hotel faltantes. En algún viaje llegué a entrar en varias de las antiguas habitaciones y no las recordé, tampoco las diferencié y por supuesto no hubo nada que dijera que yo había pasado por alguna de ellas. En esta oportunidad no voy a tratar de visitar alguno de los hoteles donde estuve en el pasado, son solo imágenes que me asaltan y que seguirán llegando sin previo aviso mientras mi hijo conoce Disney.

Con la desaprobación de Helene, le dije a Lucas que al primer lugar que iríamos sería a los Piratas del Caribe. La decisión era sencilla, él tiene una de esas intensas idolatrías infantiles por el pirata Jack Sparrow. Pero para convencer a Helene tuve que insistirle en que lo mejor era salir primero de esa cita, de lo contrario iba a pasarme los cinco días con la cabeza llena de fantasmas y con la tristeza que nunca he sentido en otro lugar salvo aquí.

No dejé que hiciéramos paradas previas. Desde la entrada del Magic Kingdom fuimos directo a los Piratas del Caribe. La expectativa de Lucas aumentaba conforme le señalaba lo que veríamos después y cuán poco faltaba ya para encontrarnos con el Caribe según Disney. Hicimos poca cola y pasamos rápido el camino dentro de la fortaleza que, si fuera real, con toda seguridad habría sido construida precisamente para protegerse de los piratas y no para darles albergue— aunque nunca he tenido del todo claro si uno es amigo, enemigo o narrador omnisciente durante el *ride*. Al tocarnos nuestro turno de abordar el bote, Lucas saltó a él y se instaló en el primer puesto con una emoción de la que solo es capaz la niñez. Su mamá le dijo algo de tener cuidado o calma, pero no le entendí, apenas la escuché, paralizado como estaba viendo la escena y recordando cómo, alguna vez, yo fui capaz de la misma emoción.

En su momento, yo también salté al bote de primero, indiferente a cómo el resto de la familia se acomodaba detrás de mí. Lo único que me interesaba era lo que tenía por delante. No creo que el recorrido pueda producir en Lucas reacciones tan intensas como las que produjo en mí. Son demasiadas las vueltas que ese bote ha dado como para que mi hijo se asombre con los esqueletos que dan inicio al recorrido. A mí, lo recuerdo bien, de inmediato me cambiaron el estado de alegre emoción por uno de expectante preocupación. Pocos metros después, el pequeño desnivel que para mí fue cascada me envió al que sería mi escondite por el resto del recorrido, justo entre el asiento y la proa del bote. Desde ahí, de vez en cuando dirigía una mirada de reojo a lo que estaba sucediendo a mi alrededor. Aquello fue mejor que el aburrimiento que presumo sentirá Lucas. Espero, por lo menos, que su relación con Disney sea como la de cualquier otro niño y no como la mía.

Desde que Helene me dijo que había llegado la hora de llevar a Lucas a Disney, he tenido que lidiar con recuerdos que pensé había dejado atrás cuando fui yo y no mi abuela quien lanzó el ramo de flores justo antes de llegar al desnivel. Desde que con ello y sin saberlo di por terminados los viajes de la familia a Disney, ya han pasado siete años y son exactamente veintiséis los que me separan de aquella primera vez en el recorrido de los Piratas.

El miedo que sentí en el que poco tiempo después reconocería como un inocente recorrido, le dio sentido a los gritos y crispaciones que escuché en el bote. Cuando llegamos al final, nadie bajó del bote excepto yo, que ya estaba listo para ir a la siguiente atracción. Y de todos los que no bajaron, uno de ellos, mi abuelo, no pudo hacerlo nunca más.

Un infarto silencioso y fulminante acabó con la vida del

abuelo. Nunca supe mayores detalles, no sé cómo sacaron al abuelo del bote o si algún paramédico fue a atenderlo y a tratar de revivirlo. Ni siquiera tengo en la memoria las reacciones de mi abuela, mi mamá o mis tías, que supongo fueron de total desesperación y soledad, la soledad del luto en días de feria; con el tiempo, la procesión de la familia destrozada sacando al abuelo del Magic Kingdom tras su inesperada muerte, se instaló en mi imaginación y nunca más me abandonó hasta convertirse en recuerdo, al punto de que puedo reconstruir cada paso, cada lugar por el que caminaron, cada mirada que recibieron como si de marcianos se tratara, o de herejes, porque solo alguien de otro planeta o de una secta muy extraña va a Disney a morir.

Ese fue el sentimiento que estuvo detrás de la respuesta que recibió mi abuela cuando inició su lucha: Disney no se lleva bien con la muerte. Por eso el mundo ni siquiera pudo aceptar la de Walt y prefirió creer contra toda evidencia que estaba congelado esperando una cura milagrosa para su mal. ¿Conocerá Lucas el mito de Walt Disney congelado? Helene me mira atenta, con cara de no saber si voy a ser capaz de montarme en el bote. Pero solo estaba distraído recordando, no paralizado. Helene olvida que asistí religiosamente al recorrido de los Piratas durante veinte años de mi vida, luego de que la abuela doblegó al gigante corporativo Disney.

Ella era de Maracay y creció yendo a Ocumare de la Costa y a Choroní y por eso sus recuerdos estaban llenos de pequeños monumentos en honor a los caídos en la carretera. A los muertos se les honra en el sitio donde mueren y ella quiso honrar al abuelo ahí, en el ride de los Piratas del Caribe. Pero cada uno de los peldaños de la escalera corporativa de Disney se negó a acceder a su petición de poner una pequeña capilla a la entrada de la atracción o en el propio recorrido. La razón siempre fue la misma: el concepto del parque y su diseño no pueden abrirse a los caprichos de los visitantes; el corolario también siempre fue igual: por más que se trate de una razón comprensible y emotiva y que la empresa acompañe en su dolor a la familia. Pero tanto insistió la abuela, sus hijas dicen que luchó por más de dos años, que en algún peldaño el gigante corporativo Disney se ablandó. Inspirados quizás por el hecho de que la familia ya había ido dos veces a rezar por el abuelo en el mismo sitio donde murió, la corporación decidió no complacer el deseo de la abuela sino brindarle todas las facilidades para que pudiera seguir rindiéndole el homenaje debido a su esposo fallecido.

Así comenzó la particular historia de mi familia. Año tras año viajábamos al Magic Kingdom, con estadía y gastos pagos, para poder enviarle flores al abuelo. En nuestra versión muy peculiar de una propiedad de tiempo compartido, un día de cada septiembre el recorrido de los Piratas del Caribe estaba disponible para mi abuela y su séquito. Las puertas se cerraban detrás de nosotros y cuando el último de la fila delante de la familia terminaba su recorrido, abordábamos los botes, uno o dos, dependiendo de cuántos habíamos viajado, para que justo al pasar por el pequeño desnivel mi abuela, y a veces también mi mamá y mis tías, lanzaran al agua las flores en honor al abuelo.

Esta vez, por supuesto, detrás de mí estaban los empleados del parque ansiosos por que abordara el botecito. Después de dos "sir" y un "señor" pude regresar al presente y ocupé un lugar al lado de mi esposa y mi hijo, iniciando lo que estaba seguro no terminaría en una nueva épica familiar, aunque no pude dejar de sentir cierta aprehensión al llegar a la que otra vez fue cascada.

Miré a Helene y a Lucas y nada había pasado, respiré aliviado y pude seguir contemplando el pasado. Con los años el trato se volvió incómodo. La familia creció mucho. En aquella primera visita solo éramos mi abuela, mamá, mis tres tías, yo y, por supuesto, el abuelo. Mis tías se casaron y tuvieron hijos, yo tengo hermanos, y en algún momento, por decisión de Disney, hubo que negociar antes de cada viaje cuántos miembros serían financiados. Yo siempre estuve en la lista, honor que me gané por haber estado presente en la muerte del abuelo. También mi abuela y sus cuatro hijas. Lo demás era puro regateo: cuatro yernos, ocho primos y mis dos hermanas se peleaban por los cinco o seis puestos gratis que Disney ponía a disposición.

El desinterés de Lucas aumentaba a cada segundo y el corto recorrido se le hizo eterno. Ni siquiera el reconocer a Jack Sparrow entre los monigotes mecánicos levantó el interés del niño. El mío tampoco, con todo y que la presencia de Sparrow también era completamente nueva para mí. Reconozco en Lucas el aburrimiento que sentía en aquellos miembros de la familia que tras pelear por su cupo en el viaje, asistían a la ceremonia completamente ausentes. Para ellos, el Magic Kingdom era un lugar para divertirse, el sitio donde pasaban vacaciones todos los años y al que de vez en cuando estaban dispuestos a no ir debido a mejores planes, que todo ritual se convierte en rutina y en algún momento terminaron sintiéndose obligados a asistir a la corta ceremonia, forzados a realizar un homenaje que para ellos nunca tuvo real significado.

Yo, en cambio, me convertí en el garante de la tradición. Tanto el día previo como el de la ceremonia todos me brindaban una atención especial, como si de mí hubiera dependido el sentido de nuestro viaje y el respeto al abuelo. Pero yo estaba muy pequeño cuando el abuelo murió, no lo recordaba en demasía, y muchas de mis memorias probablemente hayan sido implantadas gracias a fotos, videos e incluso anécdotas que de tan repetidas adquirieron imagen y sonido. Sin embargo, esa especie de autoridad moral que me otorgaron influyó para que durante muchos años yo hiciera las veces de un policía de los sentimientos de mis primos. Me esforzaba para que no disfrutaran demasiado. Cuando los veía reírse a carcajadas en una atracción o emocionarse mucho debido a la presencia de Pluto o Sebastián, les recordaba las razones del viaje y la compostura que tenían que mantener sobre todo ellos que no habían conocido al abuelo. Pensaba que con el tiempo había podido superar tan terrible papel, pero ya en un par de ocasiones me descubrí diciéndole a Lucas que se controlara, que no había razones para reírse tanto con Mushu o con Wazowski. Supongo que es muy tarde para mi personalidad y que esa especie de templanza, de moderación a la que suelo sentirme obligado frente a toda alegría y disfrute, permanece intacta y me acompañará por siempre.

Cuando éramos novios, a Helene siempre le interesó conocer el origen de esa nube que sentía sobre mi carácter. Un día, le conté la historia. Por supuesto, no supo qué decir, pero tampoco hizo falta. Simplemente me abrazó y nos quedamos así hasta que entendimos que pasaríamos el resto de la vida juntos. Sin embargo, ella no pertenece a este lugar ni siquiera ahora que vinimos juntos, por eso no es ella la mujer que acude a mí cuando recorro mis recuerdos de Disney. La única vez que vine con compañía, tenía diecinueve años. Marta viajó conmigo en una especie de adelanto de la celebración de nuestro primer año de novios, aunque no hubo tal celebración, el aniversario no llegó porque terminamos al regresar, bueno, ella terminó, dijo que me había agarrado miedo, que yo era muy tétrico. No creo haber sido particularmente tétrico durante el viaje, aunque no puedo asegurarlo, dado el tipo de pensamientos que solía producirme Disney. Recuerdo que Marta y yo estábamos frente al lago de Epcot y hablábamos de la sensación de absurdo e incomodidad que producía estar ahí tan tranquilos cuando Estados Unidos oficialmente estaba en guerra. Especulamos, en realidad especulé, que tal vez así mismo se sentía estar en Roma cuando el Imperio luchaba en el frente norte. Divagamos hasta la eventual caída de la civilización occidental y nos preguntamos qué pensarían las sociedades futuras de la nuestra. Bromeé sobre lo que diría un arqueólogo del mañana si decidiera excavar en Orlando y encontrara los restos del complejo de parques. Personifiqué al arqueólogo y dije que la civilización occidental era politeísta y le rendía culto a deidades con formas animales que expresaban el deseo de no envejecer y la búsqueda de la eterna infancia. Fue un juego pseudointelectual, de jóvenes queriendo presumir de intensos y profundos, pero supongo que ella no era la Maga y yo no calzaba los puntos de un Horacio porque se me quedó viendo en silencio y creo que no pronunció otra palabra hasta que regresamos a Caracas y terminó conmigo. Quizás no fue tras la conversación del arqueólogo cuando se quedó muda, pero es como me gusta recordarlo.

La ruptura con Marta me hizo pensar más y más frecuentemente en todo lo que había perdido por esos viajes y en todo lo que perdería en el futuro si seguía asistiendo puntualmente a mi cita anual. Pero un año es demasiado tiempo y mientras más se acercaba el momento de volver, más culpable me sentía por siquiera haber pensado en no hacer el viaje. La intensidad con que deseaba ponerle punto final a todo eso era solo comparable con la inesperada nostalgia que me invadía al imaginar un futuro sin Disney. Entonces se cumplieron los veinte años de la muerte del abuelo y ahí terminó todo, aunque nadie se lo imaginaba cuando subimos al avión.

Como era una cifra redonda, importante, las cuatro hermanas quisieron, insistieron y lograron que toda la familia viajara, no a expensas de Disney, por supuesto, y eso mantuvo de malhumor durante todo el viaje a los cuatro yernos. Además, los primos ya eran todos adolescentes o veinteañeros y no pocos viajaron obligados. Recuerdo que a mí el aburrimiento y el poco interés de la familia se me volvieron afrentas personales y más de una vez estuve a punto de encarar a mis primos, pero supe alejarme antes de volver a vestir mi viejo uniforme de policía sentimental. En el fondo sabía que aunque ellos me lo incrementaban, mi malestar tenía razones más complejas. Conforme pasaban los días era mayor mi convencimiento de que ese tenía que ser el último viaje. Entonces recibí la información que necesitaba para estar completamente seguro de ello. Estaba sentado frente al lago de Epcot y los cuatro yernos se me acercaron. Mi papá se sentó junto a mí, mis tres tíos se quedaron parados alrededor como si hubieran pensado que iba a irme antes de que pudieran hablarme. Me contaron que tenían un par de años negociando con la corporación Disney sobre la extensión del beneficio más allá de la muerte de la abuela, todo estaba bastante adelantado pero uno de los detalles era que la corporación quería reunirse conmigo, pues para ellos era yo el portador principal del beneficio. No necesité escuchar más. Para ese momento, la abuela rondaba los noventa años y su deterioro físico en efecto hacía pensar que le quedaba poco tiempo. Pero la sola idea de continuar con el rito sin la abuela, me pareció un completo absurdo. Claro que para los yernos no lo era. En esa conversación descubrí que desde hacía años mantenían un calendario de rotaciones y que deseaban mantenerlo no por ellos sino por sus futuros nietos. Quién sabe, si hubiera aceptado, este viaje de Lucas me habría salido gratis a cambio de que él lanzara unas flores por la borda. Tal vez así le habría gustado más el recorrido de los Piratas.

No hablé con más nadie del tema, sabía que como mínimo le gritaría a quien me preguntara mi opinión sobre continuar yendo a Disney después de que la abuela no estuviera y preferí evitar peleas. Opté por pasar la mayor parte del tiempo con ella. Desayunábamos e íbamos a sentarnos justo delante del pabellón de Noruega, frente al lago de Epcot, mi sitio favorito de todo el complejo de parques de Orlando. Pasábamos horas sin decir nada, esperando el momento de ir al ride de los Piratas del Caribe. Creo que ella pensaba en el abuelo, ya era difícil saberlo debido a sus frecuentes desvaríos. No sé si era alzhéimer, pero eran muchos los nombres y personas que confundía u olvidaba, mientras que lugares y cosas de antaño acudían a su memoria como si acabaran de suceder, repitiéndolas una y otra vez en interminables diálogos idénticos que convertían la repetición en incoherencia.

El día de ir a los Piratas del Caribe mi abuela comenzó a hablar de su vida en Maracay, de lo bonito que era ir a Ocumare. Por momentos su cabeza estuvo completamente lúcida y entendí que para lo único que seguía viva era para ese momento de lanzar las flores. Me preguntó si yo conocía Ocumare y le respondí que sí, que incluso fuimos juntos en un par de oportunidades. No habían pasado ni tres minutos y volvió a preguntarme si yo había ido a Ocumare. Repitió la pregunta un par de veces más y le respondí que era hora de irnos. Nos paramos, la ayudé a sentarse en la silla de ruedas que utilizábamos debido a la inmensidad de los parques y la llevé hasta la estación del monorriel que nos conduciría al Magic Kingdom y de ahí a nuestra ceremonia. Apenas mi mamá le entregó el ramo se me ocurrió, pero no se lo pedí hasta justo antes de montarnos en el bote.

Con lágrimas en los ojos, mi abuela me entregó el ramo,

subimos al bote y nos sentamos en el primer banco. La familia ocupó el resto de los asientos y los dos siguientes botes completos. La abuela me tomó del brazo y no me soltó hasta el final del recorrido. El bote partió y a los pocos metros, justo antes de llegar al pequeño desnivel que da verdadero inicio al ride de los Piratas del Caribe, solté el ramo, lo vimos caer por la cascada y quedarse atrás mientras algunos tallos y hojas se hundían y las flores y otras hojas flotaban dispersándose en la superficie en homenaje al abuelo.

Al bajar del bote le pregunté a Lucas qué le había parecido el recorrido y me dijo que "awesome". No pude contener mi sorpresa y le pregunté "really?". Cuando llegue a la adolescencia, quizás junte su estado de ánimo con su lenguaje corporal, aunque imagino que el factor Jack Sparrow es suficiente para convertir cualquier cosa en especial, incluso aunque evidentemente se trate de un maniquí. Helene, por su parte, estaba más interesada por mi opinión que por la de Lucas. Nada, no sentí nada especial, recuerdos alborotados pero ninguna cuenta pendiente.

Ayudé a la abuela a salir del bote, sentí que ambos supimos que era la última vez que nos veríamos con una mirada verdadera, las siguientes veces no fue ella, su mente ya no regresaba, al menos no regresó nunca más estando yo presente. Al siguiente año no hubo viaje, ella estaba demasiado débil para tomar un avión y moriría pocos meses después. Yo sí viajé, de nuevo a Estados Unidos pero no a Orlando, ni siquiera a Florida, y desde entonces he vivido en este país, me casé y mi primer y único hijo nació aquí. No sé cómo terminaron las negociaciones entre los cuatro yernos y la corporación. Lo cierto es que aquella, en efecto, fue la última vez que la familia lanzó flores por el abuelo. Hoy, con Lucas, completé el ciclo y por fin el abuelo pudo descansar en mis recuerdos.

BLAS PUENTE BALDOCEDA es catedrático de Lengua y Literatura en la Universidad de Northern Kentucky. Enseñó en la Universidad Nacional Mayor de San Marcos, Lima, Perú, y en varias universidades de los Estados Unidos. Obtuvo la Licenciatura en Educación y el Bachillerato en Lingüística en la UNMSM, la Maestría de Lingüística en la Universidad de Nueva York en Buffalo y el Doctorado en Literatura Hispanoamericana en la Universidad de Texas en Austin. Ha publicado *Poética Narrativa en Canto de Sirena, estilo, narración e ideología* (2002), e *Historias de Shilico, el escribidor* (2007)

Migrañas por la migra

BLAS PUENTE BALDOCEDA

Para el cuate Ricardo Ramos
"Laredo es riesgoso —dijo la oficinista. Un esca-
lofrío recorre el espinazo de Pablo Miguel—. Vue-
le al D. F. Allí no son tan fregados".

Otra vez trota por las veredas ardientes de Austin. Al poco
rato, empieza a sudar casi a chorros. El reverbero del mediodía desdibuja el perfil de las cosas alrededor suyo. ¿La
deportación? Ni por joder, carajo. Entonces, otra vez las
remembranzas de la lejana Ithaca. ¡Oh, Buffalo East Street!
Allí se deslizó cogido de la mano de Jenny gritando de jú-
bilo; la caminata de besos en el esplendor de aquella noche;
el cielorraso de su habitación para enanos de Blanca Nieve;
sí, Jenny, la rubia de ojos verde botella, de cabello ensortija-
do, que cedió a la súplicas de un apátrida. "Ya que insistes,
entra, pues, pero desapareces tan pronto como amanezca.

No quiero que te encuentre mi enamorado". En las madrugadas de invierno, para no morir borracho bajo la nieve, se refugiaba en la buhardilla de Jenny.

Pasmado en la vasta avenida por las ráfagas de los vehículos, aguarda por el muñeco blanco para cruzar la franja de los peatones. Luego, se encamina hacia El Arco, una cooperativa universitaria. Se lo sugirió un estudiante alto, níveo, con la melena y la barba, oscuras, mientras le estrechó la mano como si temiera algún contagio. Asimismo, sin preámbulo, le contó que desde la torre de las campanas, un orate disparó a mansalva a los transeúntes en la mañana de un verano. Uno de los zapatos del cicerone, cortado a la altura del empeine, se arrastraba por el césped chispeado de rocío, antes de franquear el portal del campus universitario. Pablo Miguel se desvía ahora por una callecita en el sur del campus. "¿Candidato al doctorado, ah? Sí, pero el pituco adolecía de una hedionda uñera heredada de sus ancestros, los conquistadores españoles. Al despedirse en los peldaños de Lengua y Literatura, con un sarcasmo a flor de labios, el escritor en ciernes, le repitió una vez más: "¿Así que Pablo Miguel, no? ¿Por qué no Paulino?".

La fachada ostentaba cierto encanto arquitectónico. ¿El Arco? Caray, el caucasoide de San Isidro, no lo cojudeó. Pabellones de dos pisos entre los cuales destella una piscina de aguas verde y azul. Se lo avizora desde el vestíbulo de un inmenso salón en cuya izquierda se ubica la cocina donde se prepara el menjunje para los ciento y veinte miembros la mayoría americanos, y la minoría, gente de todos los rincones del planeta. "Incluso tenemos a una estudiante china de Lima, en silla de ruedas", le informa la administradora, sus mechas laqueadas de mil colores, una punk, lo conduce a la oficina de la cooperativa. "Ella le podría dar un tour es español".

Micaela Chang le pregunta si sabía cocinar. Por supuesto, Pablo Miguel cocina de memoria recetas de su señora madre, Toya, la eterna, desde que llegó a este país. Es más: de niño aprendió hacer el arroz graneado y freír huevos a la inglesa, mientras Juan Manuel, su hermano mayor por cuatro años, era un experto en frejoles con rabito de chancho. "Y si El Arco me acepta te prometo platos de mi especialidad: lomo saltado y seco verde". Una vez en el cuarto de Micaela, cuyo ventanal divisa la piscina, Pablo Miguel le confiesa el duro trance que lo tortura: "Hace diez meses soy ilegal en este país. Tengo que ir bien a Laredo o bien al D.F. para solicitar la visa de reingreso. Mira, Micaela, por imbécil perdí la ocasión de renovar la visa. Un profesor de Cornell me invitó a participar en un proyecto de antropología en Latinoamérica por un año, no sólo eso ..." Y de golpe se calla, un nudo en la garganta. No, Pablo Miguel, no le contaría la historia de Jenny, la legalidad en bandeja, desperdiciada por un tarado de mierda. "Bueno, más te vale sintonizarte al tiro, hijito –apunta el paño de lágrimas sin un ápice de piedad, mientras Pablo Miguel se extravía en la piscina a través del ventanal, la superficie entre azul y verde, erizada por la brisa que exhalaban los densos copos de los árboles cercando El Arco--. Pueden dejarte entrar, pero también te pueden cerrar las puertas en las narices. Y alístate para cualquier eventualidad. Ahora mismo, vamos al Consulado Mexicano por el visado. Y cuenta conmigo, guardo tus cosas, y me hago cargo de los trámites con la universidad. En caso de no regresar, te lo llevo a Lima todo en mi próximo viaje"

Recorre el centro de Austin gracias a la diligencia de Micaela Chang. Por medio del control remoto, ella asciende a una plataforma corrediza de la camioneta y, acto seguido, levita dentro hacia el volante. Con excelentes reflejos, en escasos minutos, lo traslada frente al edificio del Consulado de México. Lo alienta con un tierno gesto para que se apresure. "Deja de estar pensando en los huevos del gallo, hijito" Por fin, él sonríe. ¿El gallo tiene huevos? Pendejita la china, ah? Espera una eternidad en la cola lenta como una tortuga, y entonces otra vez las remembranzas. Desde Ithaca hasta Otawa para renovar la visa y, en aquel entonces, Jenny era la conductora de pésimos reflejos. Manejaba una vagoneta que se prestó de un tío ricachón, horas y horas de un invierno feroz --nevaba sin misericordia, hileras de árboles ocres, deshojados, cubiertos de cristales congelados. Durante el viaje de ida, muerto de miedo. Tal vez se lo rechazaban, y habría que retornar al terruño. Un suertudo de carambolas. Esa vez sí logró el visado y lo celebraron con hamburguesas de McDonald's, pero luego un terror de los mil diablos. Al regreso, los oficiales de la migración, en la frontera entre Canadá y Estados Unidos, registraron el vehículo para detectar dizque rastros de drogas. Pablo Miguel tiritaba ciñéndose a la mano de Jenny. Ella parecía más hippie que nunca; no obstante, impávida, desafiante, no perdía de vista a los sabuesos que husmeaban los hijos de puta, y ahora qué hacemos, gringuita. Los dejaron libres pero el ataque de pánico fue tan atroz que el pobre empezó a gimotear como perrito de falda. Jenny disminuyó la velocidad, se estacionó abruptamente en el sardinel de la carretera, a riesgo de atascarse en la nieve. Subió la calefacción al máximo y sin vacilar un instante se trasladó desde el volante hasta el asiento del costado. Por un segundo, Pablo Miguel estuvo a punto de protestar –le asaltó la duda de que su cuerpo no le respondería en tales circunstancias--, pero ante la adorada grupa despojada de la prenda interior se abandonó en cuerpo y alma al frenesí de las poderosas nalgas, sonriendo como un fauno sibarita por los estampidos de los trailers que pasaban velozmente, ¡oh los claxon de aquellos llaneros solitarios, vomitando olas de nieve escabrosa!

Cuando estampan el sello al visado en el pasaporte, Pablo Miguel interrumpe sus remembranzas del tiempo perdido. Se apresura a darle la buena noticia a Micaela Chang, quien lo esperaba con el motor en funcionamiento. "Y ahora al banco, mi hijito, que se me acaba la gasolina. A depositar tus ahorros y solicitar el poder legal", le dice acelerando. Si lo deportaban, ella se los enviaría en remesas. No, por favor, no menciones esa horrenda palabra. ¿No me digas que te estás haciendo la pichi, no? Aunque te burles, sufro un horror de los tiempos de la Gestapo, sí, Micaela, mi ángel de la guarda, le espanta la idea de volver al terruño con las muñecas esposadas. "Tú sí que me saliste bien huachafo, melodramático y bien paranoico de yapa", dice ella sonriendo al parabrisas que enceguece con los reflejos de un fiero sol.

Esa noche Pablo Miguel no logra conciliar el sueño. Desde la cama, contempla el centelleo de la luna en las ondas concéntricas de la piscina. Por un instante tuvo la certeza de que buceaban y se zambullían en silencio absoluto unos seres extraterrestres como ranas de los lagos de Junín. Y, entonces, lo subían en cadenas –un deslumbre en las tinieblas del universo infinito—nada menos que a un platillo volador. Al pisar el último peldaño de la escalinata, deseó, en lo más íntimo de su ser, que la nave explotara en la estratósfera, se extraviara en la selva o se hundiera en el mar, una muerte fabulosa en lugar de aterrizar en avión de carga en el aeropuerto Jorge Chávez donde todo el mundo se cagaría de risa por la cara de su desgracia.

En el aeropuerto de la ciudad de Austin, Micaela Chang, una vez más, con un vago desapego lo exhorta para dominar las emociones, había que actuar con frialdad, coraje y con una dosis de cinismo. "No, mi hijito, no hay que andar meándose en los pantalones. Tu futuro está de por medio", le recrimina palmeándole el hombro antes de desaparecer por el túnel plagado de viajeros. Tan pronto como despega el avión, el nudo en la garganta. Piensa: ahora Micaela, con asombrosa precisión, levita desde volante hacia su silla de ruedas; la presión de un botón, entonces se abre la puerta, una plataforma por debajo del carro sobre la cual desciende la silla de ruedas y se desliza con parsimonia hacia la entrada de la cooperativa El Arco. Si regresaba, la buscaría para abrazarla por agradecimiento. ¿Quién lo habría auxiliado en tan riguroso trance, si no habría existido Micaela? Y, de hecho, si retornaba le prepararía con gusto las viandas de su especialidad.

Había dormido como un lirón durante las horas que pasaron volando. Cuando el avión ascendió hasta cierto nivel se inmovilizó: en la ventanilla apareció la simetría de casas y jardines en los suburbios de Austin. Pero, al descender la nave, a través de los montículos de nubes, Pablo Miguel vislumbra unas colinas cuyo verdor contrastaba con el color pardo del terreno. Después de desabrocharse el cinturón de seguridad, se estira en el asiento de cuero para relajarse, pero es en vano: el culo se le constriñe atestado de alfileres y los huevos se le reducen a su mínima expresión, de modo que pretende estudiar los movimientos de todo el mundo sacando sus valijas. La columna marcha lentamente. No, no había cabida para la pena, carajo, una patada en el trasero de la angustia, mierda, un puñetazo en el ojo del miedo, huevón, una cuchillada en el vientre del pánico, concha de tu madre. De lo contrario, lo embrujaría la loca de la alucinación. Entonces, a ponerse de pie, caracho, ajustarse bien la correa, y ser hombre de pecho duro y brazo fuerte. Es el último en salir por una especie de corredor -un toldo color gris claro con ventanillas con transparencia de plástico-, hacia un pabellón de cielorraso altísimo. El impacto del gentío cobrizo en su mayoría lo avasalla, así como el aíre caliente, húmedo, de recargada polución, lo paraliza por unos segundos. Cuando sale del aeropuerto una avalancha de taxistas se lanza sobre su valija, pero Pablo Miguel la retiene tenazmente al mismo tiempo que sus pupilas suplican auxilio a un par de policías apoyados en una columna del edificio. El ademán autoritario de uno de ellos hacia un cotarro de taxistas y, entonces, uno de estos −chaparro, rechoncho y de mostachos- se abre paso. Al reparar en el asentimiento del policía, Pablo Miguel deja libre el mango de su valija y marcha detrás del bandido a quien solía ver de niño con la Toya en el cine Ritz los fines de semana en Tarma. Sofocados por un torbellino de polvo se caracoleaban los caballos de los bandidos con la lengua afuera y las patas en alto, mientras incendiaban el rancho del jovencito y se alejaban disparando por doquier, sí, caracho, el taxista era uno de ellos, aunque no llevara puesto su sombrero de ala ancha. Y como le venía diciendo jefe. Es un hotel chiquito pero bonito. Está aquí en Reforma, a unos cuantos pasos de la Embajada Americana y además es rebarato nomás que no es muy caro que digamos, mi jefe. Déjeme llevarle el equipaje a la recepción y de paso ayudarle, no vaya a ser que esos cabrones se lo quieran chingar con la tarifa, porque usted ya sabe que aquí en México reina la ley de Herodes, si no chingas te jodes. Así que hay que estar muy aguzado. ¿Me entiende?. Detrás de las rejas del cubículo, el administrador, un hombre avejentado, lo examina con detenimiento, mientras el taxista le conversa simulando ser un viejo amigo. El cuarto es de regular dimensión y los pocos muebles lucen sombríos en la leve penumbra. Una lámpara antiquísima se yergue solitaria encima del aparador a un lado de una cama de gruesas cobijas. Sin dilaciones, Pablo Miguel se prueba el terno para brindar una buena impresión a los funcionarios de la embajada norteamericana. Si lo visaban sin obstáculos, entonces podría enseñar español para sufragar doctorado en Austin. Había abandonado años atrás la lingüística sin poder sustentar la tesis ni escribir la disertación, y luchaba a diario con el fantasma del retorno a su país como un fracasado. No, el terno de estilo Al Capone luce maldito: negro, con rayas grises, un poco ancho para su talla. La Jenny se lo compró en una tienda de antigüedades para celebrar el matrimonio en una parroquia del centro de Ithaca. Era un mero simulacro para evitar que Sendero Luminoso le ajustase las cuentas, ya que cuando de cachimbo en la universidad, Pablo Miguel simpatizó con los moscovitas contra los radicales del chino Mao. Además, la mafia académica le endilgó mala reputación: un tránsfuga de la sociolingüística que zozobró en la bohemia literaria. Es más: los amigos de antaño le imputaron ser agente de la CIA, o un informante de la FBI, no de otra manera se explicaría la larga estadía de ese cholo traidor en las entrañas del monstruo imperialista. Sí, pues, después de hurgar en los colgadores de ropas en el sótano con un moho de siglos, Jenny, la infatigable, halló, por su parte, un vestido granate, engalanado de abalorios. Para completar la antigua parafernalia, hallaron una atiborrada canasta dos sombreros. El de él encajó bien regio al estilo de la pedrada, y el de ella, qué suerte, era del mismo color crema con una corona de rosas marchitas y una lluvia de cintas ajadas por el abandono. Los preparativos con antelación, incluyó, asimismo, un examen médico que costó nada menos que cien dólares. Jonathan, el cura marihuanero, consejero espiritual de los fumadores de la divina yerba, los iba a casar un sábado de gloria. Los mellizos Willy and Billy, viejos amigos de infancia de Jenny, venían de Syracuse para ser los testigos de la boda. En virtud de una extraordinaria capacidad organizativa, la piadosa Jenny no descuidó

135

el más mínimo detalle de la ceremonia al modo de los años veinte. Era para salvar a Pablo Miguel de la ignominia de la deportación y de una muerte anunciada.

Marcha por una calzada llena de agujeros y está a punto de tropezar varias veces, pero se detiene por un instante: un hilo de agua turbia, maloliente, discurre desde el fondo de un pasaje donde se hacinan casas de dos pisos. Al llegar a la esquina frente a la Embajada Norteamericana le llama la atención las hileras de bancas donde los peticionarios aguardan sentados el turno para recabar la boleta de cita con un oficial de la inmigración. Casi la mayoría son extranjeros de diversas partes del planeta, aunque se nota un cierto número de mexicanos que solicitan el visado de estudiante o de negocios o de turismo. Pablo Miguel se sienta en la banca y sondea detrás del enrejado que circunda el perímetro. Alrededor suyo: desencajados, nerviosos, contritos, los peticionarios susurran sus aprensiones. Se levanta y se apoya sobre una columna: un aire de recelo e incertidumbre reina en el ambiente. De pronto se da cuenta que, pese a estar sentados en las bancas alineadas en sucesión, los peticionarios forman cola. Todos lo miran de reojo y hacen gestos cómplices cuando Pablo Miguel se apresura para ocupar el último lugar en la larga espera.

Al día siguiente, el fragor, la viscosa humedad, la neblina de humo en las arterias del inconmensurable laberinto de la ciudad, le producen a Pablo Miguel un leve dolor de cabeza, pero logra conciliar el sueño casi a la medianoche y, entonces, discute Jenny entre brumas de somnolencia sobre el proyecto de salvarle la vida. En el vago celaje aparecía más atractiva que nunca, sí, con esa manera tan suya de abrocharse la blusa y con la falda agitada por el vendaval mientras se alejaba por una senda flanqueada de flores. En ese talante la sorprendió una lejana tarde de otoño recogiendo ramas secas para ensamblar esculturas en miniatura, antes de cruzar el puente colgante de donde se arrojaban al precipicio de la quebrada los estudiantes que fracasaban en la universidad de Cornell. "Casarnos es la solución. Mis amigos no están de acuerdo conmigo por culpa de ese peruano hijo de puta que dejó abandonada a Judith, la tonta que le sufragó los gastos de la carrera de medicina, pero yo creo tú no eres de esa calaña. Así que decide pronto, por favor, ya que podría cambiar de parecer. Entonces sí que te joderás de por vida". Jenny los codos apoyados en el borde de la mesa, concentrada en una mínima escultura de ramas que insinuaba dizque el abismo de la locura. Pum, pum, lo locura, pum, Pablo Miguel se despierta por segunda vez, todavía le duele levemente la cabeza, pum, pum, y entonces recuerda que el administrador enviaría a alguien para recordarle su cita en la embajada. "A las diez en punto es su cita", le pareció que un mariachi le cantaba detrás de la puerta.

Esta vez Pablo Miguel ingresa al local por una compuerta lateral de rejas: una cola larga circunda la oficina, se ramifica por las calzadas entre los jardines con arbustos enanos. Da la impresión de que todos se espían los unos a los otros, de pies a cabeza, con el rabillo del ojo. Algunos desvían de improviso la mirada, otros hace un guiño de aliento, un gesto de solidaridad, o un signo de delación. Pablo Miguel mata el tiempo con estas disquisiciones cuando de pronto la persona que lo precede le pregunta sobre su nacionalidad. Es un coreano que no deja ningún resquicio para retrucar una perorata sin ton ni son. ¿Podría ser un espía de la inmigración que se infiltró en la cola de los ilegales para sonsacar información de manera subrepticia? ¿Quién sabe? Ojalá que no. Es de Corea del Sur y habla el inglés con fluidez, casi sin acento, pero sospechan que es coreano del norte, donde los americanos no son bienvenidos. Se le extravió uno documento vital para renovar la visa, y por esta razón ahora era un ilegal, aunque todavía asistía a la universidad de Pennsylvania. Había visitado las cataratas del Niágara y al regreso la migra de la frontera lo pescó in fraganti. Pablo Miguel le sugiere que termine de una vez la narración de la viacrucis, le falta solamente una persona para que le toque el turno, pero el huevón nada de callarse. Puesto que los tres oficiales de la inmigración detrás de las computadoras sobre el largo mostrador, laboran con diligencia, los peticionarios culminan sus trámites con rapidez. Al coreano le toca el oficial de la izquierda quien, luego de terminar de revisar los documentos, grita: "Tramposo", levantando el índice, y luego le ordena dirigirse a la oficina de deportación. Aparecen dos agentes de seguridad, lo sujetan de los brazos, y con los ojos llenos de espanto el coreano gira hacia Pablo Miguel, pero éste lo ignora porque le es imposible controlar los latidos del corazón que cada vez retumban más fuertes y más rápidos. Y ahorita era su turno, Micaela, no, estos migras no me quemarán en la hoguera, mi ángel de la guarda. Ordena bien sus ideas y ensaya en mente el discurso preparado durante largas noches afiebradas. "El próximo", dijo el oficial de la izquierda, sin quitar los ojos de la computadora, y con un tono autoritario, agrega: "Su pasaporte". Pablo Miguel no completa la primera frase de su discurso: lo interrumpen de manera abrupta: "Usted no califica, su pasaporte no tiene el visado de este año, además déjese de darme explicaciones que no le entiendo nada. Casi 12 años de estar en los Estados Unidos y no saber inglés. ¡Es el colmo!" Pablo Miguel tartamudea; por un instante, se alucina en harapos, grilletes en el cuello y en los tobillos; los gendarmes, de vistosos uniformes, lo conducen al bajel con rumbo a la isla del Conde de Montecristo para recluirlo en una celda fría y oscura; pero, de manera providencial, una mano del extremo opuesto del tablero lo invita con cordialidad para que se acerque, y es la mano de un rostro latino detrás de la computadora que ahora se dirige al verdugo de la deportación "No te apures, Bob, que yo me encargo de él", y con una voz acogedora le dice a Pablo Miguel: "Mira… lo mejor que puedes hacer es no mentir. Así que no me vengas con tanto rollo y dime la verdad, OK. ¿Porque estuviste en Estados Unidos sin permiso casi dos meses? Y no me salgas con mentiras", continuó señalando a su colega "porque este pinche güero se encabrona y te manda de regreso para tu país". No, no era culpa suya el haber sido un ilegal durante ese lapso de tiempo. No pudo regresar después de cumplidos dos años de beca, porque jamás volvieron a contratarle en la universidad de su país donde trabajó previamente siete años. Cuando se graduó en Buffalo, consiguió trabajo en la universidad de Cornell, sito en Ithaca, por tres años. Luego, consiguió un puesto de profesor a tiempo completo en una universidad Eisenwoher, a pocas millas, pero la clausuraron dos días después de firmar el contrato. Una semana antes la decana de Cornell lo llamó para renovarle el contrato por el cuarto año, de modo que permanecería como Lector de Español por el resto de su vida, pero él no quiso responder a las llamadas porque pensó que ya había resuelto su futuro en el nuevo centro de estudios. Perdió soga y cabra, señor: el puesto de Lector la asumió la esposa de una de las vacas sagradas de Cornell. Allí empezó su calvario, los diez meses de un paria que vivía aterrorizado con horribles pesadillas: En cualquier momento la migra le rompería la puerta a culatazos, lo sacaría de su escondrijo para deportarlo todo encadenado. Todos estos años, Señor, he sido el sostén de mi madre que quedó viuda hace cinco años y también de mis tres hermanos que viven en las condiciones miserables en mi país de origen. Pablo Miguel se calla, se le quiebra la voz, se limpia las lágrimas con el dorso del puño". "Bueno, ya no chilles que no es para tanto… Informaré por escrito al embajador sobre las circunstancias de su estadía ilegal, pero no puedo garantizarle un resultado positivo. Todo depende del embajador. Encomiéndese a Dios y a todos santos. Debe estar allí a la una de la tarde en punto. Vaya al Consulado Peruano para que le arreglen lo del pasaporte porque está hecho un desmadre. Y tráigalo todo bien notariado y sellado por la oficina del Consulado Peruano".

Tan pronto como los malos hados lo expulsan de la oficina de inmigración del D.F. frena un carro destartalado frente a la entrada: "Taxi, jefe, ¿para dónde vamos? Dígame no mas pa' donde lo llevo, chilla el chofer abriéndole la puerta". "Al Consulado Peruano", -le ordena Pablo Miguel, desesperado. "Tengo que estar de regreso aquí a la Embajada a la 1.00". "Pos' hay que meterle la pata, ya verá que llegamos allí antes de que cante un gallo". Pablo Miguel empieza a angustiarse por la congestión del tráfico, pero el vertiginoso espectáculo de la gran urbe mexicana lo distrae. De un edificio altísimo, casi un rascacielos, emerge un grupo de hombres de apariencia europea, elegantísimos, apuestos, con sendos maletines negros, solamente les falta el pistolón 007 a cada uno de ellos. Pasan indiferentes a la mano extendida de una mujer campesina sentada en la vereda y que está rodeada por una retahíla de criaturas famélicas. Una alta empalizada de tupida vegetación, parece una selva virgen de la Amazonía, eran los jardines del parque Chapultepec. "No se me asuste por lo del tráfico, jefe. Horita le sacamos la vuelta. En el próximo semáforo, doy a la derecha y así nos evitamos todo este desmadre. Siempre está así en la ciudad de México. Hasta la madre de tráfico". Dicho y hecho, el taxista explora con acierto un laberinto de avenidas, calles, jirones y pasajes y el vehículo veloz, con maniobras son riesgosas, desemboca en una avenida con suntuosas mansiones. "Por fin llegamos, jefe. Aquí están todos los consulados, pero no sé cuál es el peruano, así que yo paro y usted, patrón, le pregunta a los cuatazos de la metralla", le dice el chofer que respira aliviado, ufano de haber llevado a cabo una gran proeza. Pablo Miguel sale del carro cada vez más desesperado. Podría ser acribillado por los soldados que resguardan la entrada principal de las embajadas.

Algunos se limitaban a gritar "Está más arriba, la Peruana está más arriba", mientras lo encañonaban sin remilgos, otros: "No se acerque, siga, siga su camino". Finalmente, la bandera peruana flamea con una brisa tibia, y a Pablo Miguel le sobreviene un profundo sentimiento patrio. Después de explicarle, atolondrado, al oficinista, el propósito de su visita, éste se desentornilla de risa. "Joven, usted no está en el Consulado Peruano, sino en la Embajada Peruana. Aquí no se hace ese tipo de trámites. Mire, a un par de cuadras de la Embajada Americana, de allí de donde vino, ahí mismito está el Consulado Peruano". Pablo Miguel por poco se cae de espaldas con las patas arriba:

-¡No, señor, esto es colmo de los colmos. –grita enloquecido-. No lo puedo creer, es cosa del demonio.

Sale como un bólido de la Embajada Peruana sin importarle que el oficinista hace circular el índice a la altura de la cien, y confronta al taxista que lo esperaba con el motor en marcha, pero la amplia sonrisa de este último se trastoca en un gesto de apocamiento cuando Pablo Miguel lo responsabiliza por la —ya no probable sino ahora la posible— deportación. Cuando lo ve alicaído, abrumado por la derrota, el taxista implora: "Perdóneme jefecito por la metida de pata pero para mí la embajada o consulado es la misma chingadera, ¿me entiende? Pero no se me achicopale que en chinga estaremos allí, pero ya. ¡Así que usted va a estar en la Embajada Americana a la una en punto!". El tiempo deja de existir por la celeridad del ruinoso Ford que se lanza frenético por diversas vías del laberinto de la ciudad, y dos veces casi, casi colisiona con otros vehículos porque se apresura contra el tráfico, y en una ocasión remonta una amplia calzada y está a punto de arrasar con los peatones forzándolos a brincar a la pista exclamando maldiciones e insultos. Pablo Miguel abre los ojos cuando el taxista pisa el freno enfrente de una antiquísima casa de dos pisos. Por fin, llegaron al Consulado, gracias a la Virgencita de Guadalupe. Sube a zancadas al segundo piso por unas gradas que crujen un lustre de siglos. Detrás del mostrador tres andinas se aprestan a salir, pero antes lo miran como si se tratase de un loco suelto del manicomio. De manera rotunda, ellas, al unísono, rechazan el arreglo del pasaporte. "Compaginar, pegar y sellar, no va a ser nada fácil, joven .Además, es hora del refrigerio. ¿No ve, acaso, que estamos ya por salir?" Cuando están a punto de empujar la mampara a un costado del despacho, se asoma por la puerta del fondo uno de los enanos del cuarto de Blanca Nieve de Jenny. Un petimetre ataviado con un terno plateado luciente en la leve penumbra, una gris corbata de grueso nudo, y sobre su cabeza cobriza le baila un sombrero de fieltro negro. Lleva un maletín granate y su voz de barítono empieza a cantar las primeras estrofas del himno de la Gran Unidad Escolar Pedro A. Labarthe. "Arriba los muchachos más valientes del Perú", mientras dirige una banda escolar con una batuta invisible." Yo te conozco, Sección F, pero tú no me reconoces, bacalao, aunque vengas disfrazao" Era nada menos que el Cónsul del Perú. Al advertir la negativa de sus subordinadas, se detiene un momento y ordena que le resuelvan de inmediato el problema a su compañero de promoción, y se aleja hacia la entrada con el paso marcial de unas piernas arqueadas. Atónito, sin tiempo para especular sobre el milagro, Pablo Miguel aguarda más calmado que las empleadas, a regañadientes, cumplan con la voluntad del Cónsul.

Pablo Miguel y el taxista abrazan y se disculpan por el altercado, y este último insiste en acompañarlo a la entrada de la Embajada Americana. Se despiden con la promesa de verse algún día cuando los caminos de sus vidas se crucen otra vez, como dice el bolero, mi cuate. Un vigilante en el vestíbulo, lo conduce hacia la entrada de un cobertizo con ventanillas de plástico por donde se observa un descampado con volquetes y máquinas de construcción al borde de una excavación. Desemboca en un patio con un huerto y una fuente de dos ángeles arrojando chorritos de agua por sus bocas de cobre. Al costado de la entrada giratoria lee las letras doradas de un rótulo: Paul H. Dillon, Embajador de los Estados Unidos. Después salvar un corto pasaje, casi se da de bruces con la secretaria que se había puesto de pie tan pronto como escuchó el ruido de la alarma. Es una mujer esbelta, de una tez blanca que contrasta con un pelo azabache, de finas facciones y que ostenta una silueta voluptuosa. Con un fino gesto lo invita a sentarse en el sillón frente al escritorio. Luego de arrellanarse en la silla, coge unos documentos, no sin antes cruzar las piernas ignorando la presencia de Pablo Miguel, quien parpadea con frenesí y delectación, sí, alucinando que el triángulo negro no era la prenda interior sino…" Vuelvo enseguida", dice ella parándose de golpe al escuchar una señal roja de un receptor. Cimbrea las caderas, pasos de pantera por el pasadizo lateral que conduce a la oficina del Embajador Americano, y cierra de una manera sibilina la puerta tras de sí. Su retorno se prolonga una eternidad y para evitar a las tarántulas de la ansiedad y a las serpientes del miedo, Pablo Miguel se reprocha una vez más: sí, pues, el colmo de los colmos, un reverendo imbécil. Sin duda alguna, un desatinado congénito" Y siente curiosidad por lo que estará haciendo a estas horas la piadosa y dulce Jenny, otra vez ella que lo llamó aquel sábado en la noche para recordarle que el matrimonio se llevaría a cabo al día siguiente. Temprano en la mañana, Pablo Miguel se puso el terno de Al Capone y el sombrero a la pedrada. Estuvo merodeando a la deriva por el parquecito frente a la biblioteca pública, sin saber realmente qué hacer: entrar a la iglesia acatando con mansedumbre los designios del destino, o echarse a correr la fuga del siglo. Sus pasos resonaron en las baldosas de la nave central y los ecos se refugiaron en el espesor de las paredes y, asimismo, vibraron en los coloridos vitrales de la cúpula, y a medida que se acercaba al altar mayor una feligresa de rodillas giró hacia atrás su rostro cubierto con un velo crema, adherido a un sombrero de los años veinte. Nunca la imaginó tan devota a Jenny. Y de repente la voz de su madre taladró sus tímpanos: "El día que te cases, será con una chica decente, virgen, de su casa, bien criada y de buena familia, y no como el condenado de tu hermano que anda revolcándose con pordioseras ya recorridas. ¡Ay, Dios Santo!, cómo me ha mancillado el honor de la familia con semejante chusma." "¿Dónde está el baño?", le preguntó a Jenny. "Jonathan, Pablo Miguel se orina en los pantalones" grito ella levantándose el velo crema. "Que camine por el pasadizo de la izquierda y a la mano derecha están los servicios higiénicos", dijo Jonathan desde la parte posterior del altar mayor. Y luego anunció: "Los gemelos Billy y Willy ya están en camino, mi dear Jenny". Cuando Pablo Miguel salió del baño, leyó en luces rojas Exit, encima de la puerta opuesta. Empujó la manija horizontal, y vio una amplia playa de estacionamiento, la puerta se cerró automáticamente detrás de él. Y, al toque, se dio a la fuga.

Finalmente, se abre la puerta del embajador y aparece, majestuosa, altiva, derrochando una exuberante sensualidad, la secretaria con un recipiente de cristal en ambos brazos: el sobre sellado en los ribetes se erguía impertérrito sobre el plisado de un mantel negro. "Coja este sobre y no se atreva abrirlo hasta que llegue a la oficina de inmigración en Houston", dictaminó sonriendo con sorna. "Allí se sabrá si lo dejan entrar al país o proceden a deportarlo". Durante el viaje de regreso Pablo Miguel, aprisionado por el cordón de seguridad, no quita la vista de la ventanilla porque no puede echar una mirada ni siquiera por una fracción de segundo a la tarántula negra y peluda, agarrotada en sus muslos, que crece implacable a medida que el avión se aproxima al aeropuerto de Houston.

ARMANDO ROMERO perteneció al grupo inicial del nadaísmo, movimiento vanguardista literario de la década del 60 en Colombia. Distanciado de este movimiento y de Colombia como país de residencia, viajó y vivió en varios países de América, Europa y Asia, entre ellos México y Venezuela. Actualmente radica en los Estados Unidos. En Grecia escribió su primera novela, *Un día entre las cruces* (1993). Entre sus libros figuran: en poesía: *Los móviles del sueño* (Premio Mérida de Poesía, 1975); *El poeta de vidrio* (Caracas, 1979); *A rienda suelta* (Buenos Aires, 1991), *Agion Oros- El Monte santo* (Caracas, 2001), *De noche el sol* (Medellín, 2004); *Versos libres por Venecia* (Venecia, 2010); *Amanece aquella oscuridad* (Sevilla, 2012). *Cuentos: El demonio y su mano* (Caracas, 1975); *La casa de los vespertilios* (Caracas,1982); *La esquina del movimiento* (Caracas,1992); *La raíz de las bestias* (México,2005); y las novelas: *Un día entre las cruces* (Bogotá, 1993); *La piel por la piel* (Caracas, 1997) y *La rueda de Chicago* (Bogotá, 2004). Esta novela ganó el premio a la mejor novela de aventura (Latino Book Festival, New York, 2005). En 2011 ganó el Premio de Novela Corta Pola de Siero (España) con su novela *Cajambre* (publicada tanto Bogotá y Valladolid en 2012). Su obra ha sido traducida al inglés, italiano, francés, portugués, griego, árabe, rumano, hindi y alemán. Ha sido distinguido con el título de Charles Phelps Taft Professor de la Universidad de Cincinnati. En el 2008 recibió el título de Doctor Honoris Causa de la Universidad de Atenas, Grecia.

El buen salvaje

Armando Romero

Hacía años que no nos veíamos. Para no recordar cuántos.

—La amistad no es de lo que muere—, fue el saludo de Roger cuando de improviso me tropecé con él a la entrada del Netherland Plaza.

Roger, viejo amigo, estudiante que no estudiaba, misterio contra misterio siempre, pero divertido y locuaz.

Éramos tres, bien diferentes. Una triada como triángulo de vértices abiertos. "Cada quien con su idea", dijo una vez Cesáreo, el mexicano.

Un día Roger desapareció y luego supimos que se había llevado a Mary, la más bonita de las meseras del "Tooly Mooly", ese bar a pescado frito y cerveza "Coors", oliendo. Nos dijo un viejo cliente, que ya estaba adherido para siempre a la barra del bar, que andaban por Chicago. Eso era todo. A Cesáreo esto le dolió mucho porque Roger era su único amigo norteamericano, quien bien lo entendía. Pobre

Cesáreo, no podía creer que Roger se hubiera ido sin despedirse.

"Toro—todero", le decíamos a Cesáreo porque sabía hacerlo todo. Un día vino a reparar la nevera en el apartamento que compartía yo con Roger, cerca de la Universidad, en Ludlow, y sin pensarlo dos veces nos reparó todo lo que habíamos desarmado y deconstruido con descuido alcohólico, y entonces a cambio se sentó y se tomó las cervezas calientes que teníamos, y luego lo celebramos con unos whiskys, y después nos invitó a un bar de strip—tease en Newport, y luego nos descubrió los caballos en River Downs, y como conocía a los jockeys latinos pasaba buena información, y la plata que ganábamos se iba en unos garitos de Covington, donde también nos llevó pero a regañadientes. "Con las muchachas el único peligro es casarse, decía, pero con estos mafiosos nos jodimos si les ganamos".

Y ahora Roger estaba allí, frente al hotel Netherland Plaza, pleno centro de Cincinnati, con gafas oscuras, bien vestido, pero siempre con su collar estilo Texas, aunque era de Memphis, a mucho honor, pregonaba, como si fuera egipcio.

—¿Te sigues viendo con Cesáreo?—, me preguntó.

—No. Y es una lástima. Se dolió mucho de que te fueras sin despedirte. Ya sabes, así es Cesáreo, muy formal, y tú eras su amigo.

—Sí, hice mal, pero tuve que salir corriendo. Mary no era soltera, tú sabes.

—No, no sabía. A lo mejor se lo explicas si lo ves.

—¿Entonces, anda por aquí todavía?

—No estoy completamente seguro, pero creo que sí. ¿Sabías que se metió con la rubia, la otra muchacha del bar?

—Ésa no era muy bonita, aunque tenía un culo enorme. ¿Y tú que has hecho, por dónde andas?

—Terminé mi doctorado en ingeniería aeroespacial, y luego me contrataron aquí en la Universidad, investigando vientos y mareas.

—¿Te casaste? Veo que tienes anillo.

—Sí, con una costarricense, Feliza. Tienes que conocerla. Es una mujer formidable. Estudia letras en la Universidad. No hay hijos, no te preocupes", le dije sonriendo.

—Vamos a encontrarnos todos, qué bueno sería. Yo vine a hacer un trabajito aquí en Cincinnati, luego de te cuento, pero lo voy a buscar al Cesáreo. Déjame tu teléfono. Yo estoy aquí en el Plaza, habitación 323. Pero no me llames, casi nunca estoy, yo te llamo.

Fue muy grato ver a Roger, luego de tanto tiempo. Pero había algo en su sonrisa, en su afabilidad que no era lo mismo de antes. Era como si estuviera pensando en otra cosa cuando hablaba con uno. La vida lo cambia a uno, pensé, pero no creo que vaya a llamar. Presentía que ese adiós era terminal, definitivo.

Le conté esto a Feliza, y con un escocés en la mano, antes de la cena, reí recordando nuestras andanzas locas por Cincinnati, Bellevue, Newport.

—Es una ciudad que ya no existe más", remarqué. Había gallinas y puercos donde ahora son hoteles de lujo y edificios ultramodernos. Eran los años de la mafia del norte de Kentucky, de la venta de costillas de cerdo en las calles. A los alcaldes los detenían buscando prostitutas por Covington.

—Ahora todo está bien tranquilo, un poco aburridor si quieres –dijo ella con su vaso de vino".

—Mejor así, eran buenas las aventuras pero casi dejo los estudios. Y así no te hubiera conocido–le dije enviándole un beso.

Pero me equivoqué. Pocos días después era Roger al teléfono:

—Hermano, no lo puedes creer, me encontré a Cesáreo, igualito. También quiere verte. Le expliqué todo. Quedamos en vernos esta noche en Arnold's. Tienes que venir.

—Le diré a Feliza, a ver si está libre.

—No, no, hermano. Vente solo, como en los viejos tiempos. Dile a tu mujer que entienda, no nos vemos por mucho tiempo. Luego nos vemos con ella y con la mujer de Cesáreo.

—¿Y que pasó con Mary? –aproveché para preguntarle.

—Nos separamos. Ya te cuento.

Llegué tarde a la cita esa noche. Pero en Arnold's no se llega tarde nunca. Está abierto desde 1861, cuando a don Simón Arnold le dio por crear una taberna en ese mismo sitio, con el mismo bar, con las mismas mesas en que nos sentamos hoy.

—Nos debes dos vodkas— me saludó Cesáreo radiante.

Estaban los dos en una de las mesas más viejas empotradas en el suelo, con altos espaldares tallados, cuadros en las paredes retratando hermosas divas del 900, impresionistas.

Era para caerse a cuento, como se dice. Cada quien con

su historia de todos estos años, con los respectivos chistes y la risa fuerte de Roger, ahora llegando a ser casi el mismo, para mí, porque para Cesáreo parecía que no había pasado el tiempo. Cesáreo contó sus aventuras con los nuevos mexicanos en Cincinnati, ciudad no muy proclive a admitir extranjeros que no tuvieran pelo rubio y bebieran cerveza con el codo alzado. Yo conté sin mucho detalle pero con acento irónico mis sumergimientos en el espacio de los astronautas y el ruido de los motores de los aviones.

No recuerdo muy bien, tal vez por los vodkas, pero en un momento Roger había empezado a contar una historia que le parecía fascinante.

—A lo mejor ustedes han oído hablar de Frederic Remington, el artista de los vaqueros del oeste, ¿no es cierto?

—¿El de los rifles? –preguntó Cesáreo.

—No, el artista de esos caballos briosos y pinturas de indios en sus tepees— dijo Roger, y continuó:

—Pero no importa. Lo que quiero contarles es que este Remington hizo un molde para una escultura de la cabeza de un indio a la que bautizó El Salvaje. Pero este molde, que desapareció por completo hasta hoy, sirvió sólo para hacer una pieza en oro. No es muy grande, pero sí muy valiosa. Es una figura única que no se puede reproducir, y según parece es la cabeza de un chamán que tiene poderes mágicos, favorables para quien la posea. Se dice que esta obra llegó a manos de John Wayne, el actor, quien se la compró a unos artistas borrachos de Taos, y que luego en un gesto de gran amistad, deseándole que tenerla lo haría presidente, se la regaló a Ronald Reagan. Hay gente que dice que por eso le dio cáncer a John Wayne y Reagan se hizo presidente. El Salvaje es algo que no se regala, ni se vende, ni se cambia. Se posee, solamente. Luego de que Reagan fuera presidente, dicen que su esposa Nancy empezó a sospechar que el Alzheimer de Reagan se debía a la cabeza de El Salvaje, y entonces la donó al Museo de Los Ángeles. Y allí los expertos la empezaron a estudiar para determinar su autenticidad. Pero un día desapareció. Así como así.

—¿No apareció por ningún lado?— le pregunté.

—Bueno, aquí es donde la historia se pone interesante, ya les cuento. Pero tomémonos otra vodka.

Luego de los nuevos brindis, Roger continuó:

—Resulta que un día se desata un rebullicio entre la gente pesada de Chicago porque, según parece, unos jamaiquinos, de esos que comercian duro con la droga y matan gallinas y le ponen velas a todo muerto, se la sacaron de la casa a David Silverman, el capo de los capos de Chicago, quien ahora la tenía. Cómo lo hicieron, no se sabe tampoco, pero El Salvaje aparece luego en un negocio de anfetaminas entre los jamaiquinos y un grupo de negros del cartel de Filadelfia. Y éstos se quedan con El Salvaje. Claro que Silverman y su gente están furiosos, y peor, puesto que el chamán ese tiene poderes mágicos, las cosas empiezan a ir mal para Silverman, y ve que los Federales le caen encima, y le entra la paranoia de que si no encuentran a El Salvaje se van a joder todos. Si regalarla es malo, dejársela robar es peor, eso creen. Así que despacha una tropa de gente para buscarla, y no dejen pájaro vivo hasta que aparezca. Pronto empiezan a aparecer unos jamaiquinos con las tripas afuera como gallinas, y el cuento todo llega a los negros de Filadelfia, quienes también son muy supersticiosos, y deciden vendérsela por buena plata, eso sí, a los de la mafia rusa en Nueva York. Algunos negros desaparecen en el Hudson pero ya El Salvaje está en poder de los rusos, quienes a pesar de que después del comunismo ya no creen en nada, de todas maneras piensan que salir de ella es mala cosa. Apenas la consiguen y ya los negocios se les mejoran.

—¿Es decir que la estatua va contaminando y ayudando al que la toca?— pregunté bien interesado en la historia.

—Sí —dijo Roger—. Se dice que este chamán aquí capturado en la estatua anda por varios mundos, y así como te puede proteger te puede joder, por eso uno no puede regalarla ni venderla ni cambiarla por nada. Y esto los aterroriza a todos que empiezan a ver cómo recuperarla. Los negros se echan maldiciones por la mala suerte que les cayó luego de venderla a los rusos. Y crece entonces la bola de que no sólo el FBI la busca desde Los Ángeles, sino que los hombres del capo de Chicago, los jamaiquinos y los negros están tratando de ver cómo la recuperan, no importa que pase lo que pase. Esa estatua es el demonio, dicen los jamaiquinos, quienes con los negros ya han puesto varios muertos en el asunto.

—Jodida la cosa— dice Cesáreo.

—Sí, y entonces a los rusos, con todo lo jodidos que son, les entra un gran culillo y deciden llevársela a Rusia por medio de la valija diplomática, y en eso están cuando, por un descuido, no se sabe cómo, una empleada de servicio colombiana, que había venido bien recomendada por el cartel de Cali, se la roba y se la lleva a su casa en el Bronx y de allí pasa a manos de unos puertorriqueños que no saben nada del asunto. La colombiana al darse cuenta de que los rusos están furiosos se escapa y como puede se va a Colombia. Pero los puertorriqueños, un poco inocentes de todo este barullo, buscan venderla por medio de una galería de arte en Chicago, de esas que comercian con obras de arte legales e ilegales, con compradores en todo el mundo. En esta galería hay un vendedor que ha oído los rumores de toda esta historia, y se encarga de la conexión con los puertorriqueños. Muy secretamente este vendedor se pone al habla con un "marchand" de París, pero en esos días uno de los puertorriqueños, bocones que son todos, habla demasiado en un bar y todos se enteran de la cosa: los de Chicago, los jamaiquinos, los negros y los rusos, y se vienen todas esas pandillas a Chicago. Por supuesto que el vendedor también se entera y tiene que salir huyendo de Chicago y le da cita al francés en otra ciudad y se escapa con El Salvaje en la maleta.

—¿Y entonces?

—Pero el francés no aparece, a lo mejor olió todo lo que pasaba, y el vendedor se queda sin saber qué hacer. La gente de la galería de Chicago no quiere saber nada, así que no tiene para dónde ir, ni a quién recurrir.

—¿Qué historia de miedo?— digo.

—Pobre vendedor, ¿y entonces qué pasó? –es Cesáreo.

Roger se quedó un momento en silencio, y luego dijo:

—Bueno, no sé cómo termina esta historia, pero aquí tengo algo que quiero mostrarles.

Roger miró para todos lados. El bar estaba prácticamente vacío a esas horas. Sin dejar de mirarnos metió las manos debajo de la mesa y sacó de allí una bolsa grande de papel. Lo miramos estupefactos. Y sin darnos tiempo a reaccionar o decir nada, sacó de la bolsa, envuelto en papel de seda blanca, la cabeza en oro de El Salvaje. Deslumbraba el amarillo.

Ahora sí estábamos aterrorizados.

—¿Nosotros? –alcanzó a decir Cesáreo sin mucho sentido.

—Sí. Háganme un favor. Nadie va a pensar en ustedes. La tienen por unos días. Nadie los asocia conmigo. Como buenos hermanos que somos, ayúdenme en ésta.

Me paré de la silla. Roger metió de nuevo la cabeza de El Salvaje en la bolsa y me miró directamente. Cesáreo lo intentó pero no se podía parar, arrinconado al fondo.

Metí la mano al bolsillo y encontré dos billetes de 50 y los puse en la mesa, sin quitarle la mirada a Roger.

Nadie dijo nada entonces. Salí de la habitación sin decir palabra, y luego del bar sin mirar hacia atrás. Todavía no sé, ni sabré de seguro, si los dos se están riendo a carcajadas o algo siniestro los cobija.

DANIEL TORRES es Catedrático de Español y Estudios Latinoamericanos en Ohio University. Estudió en las universidades de Puerto Rico, Coimbra (Portugal), Stony Brook y Cincinnati (Estados Unidos), donde se doctoró en poesía hispanoamericana. Ha publicado libros sobre *Cien años de soledad*, el prosaísmo en la poesía de José Emilio Pacheco, la identidad cultural en el ensayo hispanoamericano, la poética del Barroco de Indias, una lectura sobre la poesía colonial y contemporánea de nuestro continente, un estudio de tres poetas gays hispanoamericanos, una novelita azul, un libro de cuentos pornográficos, cinco poemarios homoeróticos, un libro de crónicas, un compendio de ensayos sobre la poesía española y latinoamericana, y una novela sobre dragas. En 2012 publicó una edición crítica de la poesía completa de Don Carlos de Sigüenza y Góngora en la editorial Paso de Barca de Barcelona. Recientemente editorial Isla Negra ha publicado su poesía (in) completa 1981-2011 bajo el título *En (el) imperio de (los) sentidos.*

Conversaciones con Aurelia
(Fragmento de novela)

DANIEL TORRES

Ojos azules

Ya te estabas cansando de tanto esperar por Aurelia. Su última locura de traerse a un muchacho desde Matanzas para copiar a la perfección los amoríos de la Montiel con un cubano menor que ella era la postrera gota que derramara el vaso de tu paciencia. Tú sabías estar ahí perdido en el recuerdo de tus noches de Appalachia cuando ella era toda tuya para amar en la tibieza de una casa compartida. Ahora que quería recuperar las ínfulas de su carrera pasada de moda te llegó a parecer hasta patética, como nunca en los tantos años que hacía que la conocías y que se había clavado en el exilio de tu corazón como una espina.

La Meche le había traído de su viaje de reconocimiento a Yucatán unas revistas medio pornos medio informativas con una sección de personales en los que muchos mozalbetes cubanos escribían que querían mantener correspondencia con extranjeros. Y tú, zorro viejo, sabías perfectamente qué tipo de correspondencia querían esos muchachos que escribían personales como consuelo a su miseria. Lo que te pareció el colmo fue cuando Aurelia te pidió que fueras precisamente tú quien en tu computadora le hicieras las cartas, le escribieras los e-mails buscando al candidato idóneo para la farsa. Bien sabías que no era sólo traerlo a figurar sino que algo sacaría la loca de provecho con las carnes tiernas de un efebo del otro lado del Caribe. Tal vez hasta quería que tú te prestaras para el juego cuando ella bien sabía que lo tuyo era el amor blanco, el estar juntos haciendo cosas de la casa con la certeza de la compañía del otro sin necesidad siquiera de contacto íntimo. Para ti estar sentados en el balcón conversando, salir al supermercado a hacer la compra, cerrar todas las puertas y ventanas en la noche dando la última ronda antes de acostarte a dormir con un beso casto, todo eso te parecía el paraíso de saberse querido y acompañado. Aurelia siempre te pedía el espacio público, salir a ser vista, admirada, criticada y comentada. No podía vivir sin esa morbosidad que provocaba en Ohio su quemadito de Caribe con ojos y pelo intensamente negros. La ambigüedad de no saberse si era macho o hembra a ciencia cierta. Entrar a un mall de Columbus o Cincinnati a comprar ropa de mujer vestido de calle sin maquillaje ni uñas ni carterón ni tacas altas. Con su mahoncito y su camisetita color rosita vivo demasiado ajustada para mostrar su tetamen silicónico que contradecía esa cara lavada y esas manos demasiado grandes para ser mujer. Le encantaba siempre equilibrarse en la cuerda floja del qué dirán. Y tú como buen caballero cargando todos los paquetes, concentrado en su más mínimo suspiro para complacerla. Ser el títere de sus manos diestras y ágiles que le daban todo el color que tu vida necesitaba.

No era lo mismo irse de compras a Plaza Las Américas porque ahí ya ni su quemadito ni su pelo ni sus ojazos negros llamaban tanto la atención. Aquí sabías que era otra loca ridícula de compras. Y te dolía que Aurelia no se diera cuenta que aquí perdía toda la magia que en tu Appalachia natal había tenido. Como la noche en que la conociste en una fiesta de Halloween de un grupo de apoyo de locas arrepentidas y católicas. Tú ibas de militar con uniforme de insignias que ella no entendía. Botas hasta media pierna y con un porte que ni un militar de verdad pudiera imitar en una fiesta como aquélla. Tú sabías muy bien que impactabas con tus ojos intensamente azules y todas tus canitas salt and pepper, pero en ese entonces habías sido dejado por un noviecito demasiado joven para ti que te había pedido unas esposas prestadas para su disfraz de preso atado a otro preso que era su ex. Y ya para ti esos eran signos de dejado. Nadie se amarra a su ex en Halloween vestidos los dos de reclusos de penitenciaría estatal. Era demasiada la metáfora para no entenderla del todo. Te resignaste como siempre hacías porque quién te mandaba a pensar que otro efebo podría ver en ti lo que tú siempre veías en él. Otra trampa de la nostalgia de la que nunca salías hasta que a media fiesta llega este torbellino de draga morena y gitanaza vestida con un traje rojo de lunares blancos con pañoleta, peineta y manto de Manila. Que te come con los ojos con todo descaro y que empieza contigo la clásica escena del "Hi, how do you do? My name is A u r e l i a". Y ahí mismito tuviste tu primera clase de Puertorriqueño 101. No te salía el A u r e l i a por más que te lo enseñara toda la noche, riéndose a mandíbula batiente, hasta que eventualmente echando mano de tu español de escuela superior lo comprendiste. Te acuerdas que acabaron la juerga en el Eagle haciendo el dirty dancing que tú no conocías y topándote con una verga bien parada en medio de todo aquel vestuario elaborado de tu A u r e l i a. Desde entonces caíste en la trampa. Ya tenías años de ir y volver como las olas a las arenas y pese a tus otras relaciones, a tu afán por todo lo asiático y joven, seguías manteniendo a Aurelia como tu punto obligado de referencia. La cama segura a toda hora estuvieras con quien estuvieras y sin celos, sin reproches, incondicionalmente, en casa como a ti te gustaba.

Ya después cuando accediste a venir a la isla no sabías que ahora te tocaría a ti ser el que vivía en compás de espera en el cambio de papeles obligado con el que la vida siempre nos cobra toditos nuestros desaciertos. Así te decías mientras recordabas en una esquinita del Pájaro azul la de veces que Aurelia y tú, su Ojos Azules, habían terminado para volver irremediablemente al tiempo a caer en las redes de ese amor azul de temporada con el que empezó todo en un día de las brujas sin mozalbete cubano traído expresamente de Matanzas.

...

Mr. Smith

Volvías a la carga como todos los fines de semana desde tu jubilación temprana en tus cincuenta ya largos. Sobre todo ahora que tu familia lo sabía todo y no tendrías que darles largas sobre cuándo volverías a los Niuyores. Todo a su debido tiempo, te decías, porque ya habías disimulado demasiado tiempo para siempre vivir la vida de todos los demás. Ahora te tocaba a ti. No querrías acabar como Jimmy, tu amigo del college, que después de tantos años de vivir una doble vida había sucumbido a las tiranías del VIH en su cuerpo. Todavía recuerdas cuando en The Ohio State University se paseaba el tal Jimmy, High Street arriba y abajo, buscando hombres y no era hasta el octavo piso de la biblioteca general donde encontraba a quien buscaba. De ahí se venía al apartamento que compartían como estudiantes universitarios y te tocaba escuchar por horas la doble sinfonía de gemidos y gruñidos del sexo entre hombres para después que se marchaba el elegido de la noche te despertabas con el rumor ensordecedor del santo rosario rezado en su totalidad por un Jimmy culpable que no podía dejar de autoflagelarse con la bendita religión. Tú ya habías limpiado la casa y habías hablado con la verdad en la mano de la negación del clóset abriendo la puerta de par en par para que tu familia supiera a qué atenerse. Tu esposa había sido la que peor lo había tomado, pero desde ya sabías que ella sabría compensar tus demasiadas ausencias como lo había hecho desde siempre en tus largos años de matrimonio en común. Y tus hijos tenían que entender que el mundo había cambiado demasiado como para pretender que sólo fueras el abuelo de sus hijos. Sabrías balancear todas las avenidas por las que transcurría tu vida, de eso no debían tener la más mínima duda. Por algo te habías ido de la gran manzana, para que ni tu familia ni tus amistades vieran nada de lo que hacías. El aparente anonimato de San Juan no se comparaba con nada. Aquí sólo eras Mr. Smith a secas, en el rinconcito del Pájaro azul acechando a tu presa como galán diestro en el arte de la cetrería gay.

9 de marzo
Querido Fifí: La tal Nani mira que supo ponerte en tu lugar en su momento, ¡quién lo iba a decir! Un muchachito muerto de hambre de los tantos que como el Papo y como yo recogiste un día en la Playa del Escambrón, tu territorio de reclutamiento ideal. Pobres, bellos y hambrientos fuimos todos antes de caer en tus garras de ilusiones garantizadas. Dicen y no acaban que ya después te encargaste de desmantelarle el negocio por toda la Isla con un solo caso de infección por VIH/SIDA que sirvió para la ruina total de la apóstata que una vez te diera esa sonora cachetada de la que no se supo ya más. Curioso cómo orquestaste el siniestro, cómo le pagaste mucho más de lo necesario al sidoso del Papo para darle el golpe final y certero a toditas las rebeldías de la Nani. Ésa es sólo una versión de los hechos porque no falta quien diga que se trató de unos paquetitos de nieve blanca puestos discretamente por uno de tus tantos agentes en el carterón de la incauta una noche de borrachera en Atlantic Beach. Fueron más que suficientes para que la jara la detuviera y le confiscara el carrito Nissan Sentra rojo vino del 90

donde, como hojas de coca esparcidas por el viento, estaban regados los paquetitos abiertos como la sal de nuestras penas cuando se derrama sin control. Cuentan y no acaban que la nariz de la Nani parecía arbolito de Navidad en el Trópico rociado con spray de nieve seca. Fabricarle un caso a alguien es de lo más fácil cuando está arrebatá. ¿Y cuál de estas dos versiones fue la que se tragó el juez que vio el caso? En el fondo hubiera sido el mejor negocio de habértelo consultado, de haberte tenido como eje de todos sus movimientos financieros. No pudiste perdonarle que triunfara sin ti. Pero supiste cerrarle la central del sexo telefónico así como los barcitos desperdigados por toda la Isla y los centros de masaje erótico con los cuales conseguiste desacreditarle la empresa a la Nani. Ni siquiera como Paloma San Basilio y mucho menos como Valeria Lynch había podido volver la hija pródiga del Pájaro azul.

Fui yo la que le dio la mano, la que supo sacarla de la Isla con una carta más para mi red de locas exiladas en cualquier parte de Gringolandia o de la cansada y vieja Europa, donde todas pueden volver a empezar. Y a lo mejor por allá le irá mejor que a mí, a quien tú hiciste regresar con mi Ojos Azules a cuestas mucho antes de que se me muriera de la manera más tonta en un accidente de tránsito en plena avenida Juan Ponce de León doblando una calle. Y pensar que aunque nunca lo quise como a ti, el perderlo me hizo recordar nuestros mejores momentos. Eso fue mucho antes de mi muchacho matancero ya ido de mis brazos, cuando la burbuja de la convivencia en pareja había llenado los picket fences blancos y azul celeste de una casita en las colinas de Appalachia. La que liquidamos por nada y dejamos casi perdida para venir al reclamo del Pájaro azul en una ciudad llamada San Juan que ya no se parecía a nada de lo que fue cuando salí de aquí para nunca más volver sin saber que sí, que inevitablemente como todas volvería... Puede más la nostalgia que el decoro de quedarse donde una está sin intentar segundas partes que nunca fueron buenas.

Ahora vivo solita mi alma con Dios en un apartamentito descolorido de Río Piedras a expensas de mis exiguos ahorros y del chequecito del Seguro Social de Ojos Azules, quien consiguió alguna vez legalizar nuestro matrimonio en Ohio sin decir jamás que mi nombre de pila había sido Luis Manuel Carrasquillo Cotto y nunca Aurelia Carter o la Gran Madama del Dulce de Coco, como me puso la Vicky Carnicera en venganza del mote que le había puesto yo al traducir su Víctor Butcher original que daba fe de alguna aventurilla de otro Usmail o gringo pendejo por los campos de esta isla.

OM ULLOA nació en Matanzas, Cuba. Su familia se fue al exilio a Madrid, España y cinco años después a Chicago, EE UU. Ha publicado cuentos y "prosemas" en antologías (*En el ojo del viento: Ficción latina del Heartland,* 2004; *Cuatro cuentistas de Chicago,* 2007), blogs (tumiamiblog, Periódico Guamá, Penúltimos Días) y revistas (*contratiempo; Mandorla; generaciónMeX; Voces*), entre otros. Se desempeña como escritora, traductora y correctora "free-lance".

Chicharrevolución jugosa

OM ULLOA

Estás ya en el palacio de la jugosa chicharrevolución ma-
yambanera, donde los jugos emanan sacarinos zumos hasta
de las mazorcas teñidas de un tierno choclo-rillo de hongos
y granos. Y caen gotas al suelo y el imán-pegoste atrae, hala,
atrapa. Tú bien lo sabes y entras a tu pesar. Has bajado del
norte una vez más. De tu medio y salvaje oeste de invier-
nos simples en su frialdad. Y ahora estás aquí, en el palacio
de las blanquísimas arepas, los crujientes chicharrones y las
prietas raspaduras, allí donde se respira guateque neogua-
jiro entre la jerga ajada de la trillada urbe en tierra de nadie
o de todos... your tired, your poor, your huddled masses
yearning to breathe free. Aquí en tu calurosa moronvilla —
mal encartonadagrafiada urbe del sur— penetrada por las
filtraciones emigradas de una latinamericanada que mama
gallo, hermano; se berraquea, vale; y come mierda, asere.
En esa esquina rincón no abundan pelotudos ni pizzas. El

único macarranudo es un indigente al que se le amarra y se le suelta la lengua junto al basurero, masticando una costilla y alabando a un dios glotón y carnívoro.

Y es que en el palacio de la jugosa chicharrevolución mayamense sobran la manteca y el azúcar, cierto; pero en ese cuchialcázar se come rico, te dicen los cacijefes residentes, llamados kiubans por sus huéspedes más allegados y cubiches entre ellos, en su propio dialecto. Se come rico o más bien… se traga, se harta, se engulla, se zampa con gusto la decadencia culinaria de nos y los otros, descendientes de indígenas maiceros, africanos vianderos y gallegos carnívoros. Y con cada paso escuchas el reproche de que aquí nadie te perdonaría que te hicieras la fina y hablaras con esa vocecita desubicada e híbrida con que cargas entre el paladar y las cuerdas vocales. Excuse me, please, excuse me. Así que aspiras hondo y te esfuerzas en buscar la cadencia correcta, los gestos adecuados al momento, la mirada directa y hambrienta antes de lanzarte. Tú y tu parsimonia recuerdan bien que esto era un bohío en medio del concreto y el asfalto, una fatamorgana de mentirijillas (… espejitos, espejitos pa´los inditos…) cuando apenas tú y tu melena despuntaban como joven burla y adúltero descaro en el paréntesis de la vida y te paseabas por la playa de los judíos —antes de que fuera de los marielitos, de los gays, del eurotrash y de las ensaladas orgánicas— haciendo escala por los ventanales del último Wolfie´s comiendo pan con lechón traído del entonces palahío, mareando a los "chosen ones" con el aroma puerqueril, sólo por joder.

Por eso tú también eres parte de todo esto, por muy remota y fría que esté tu casahío allá en el lejano imperio del norte, tan lejano, porque una vez más todos los senderos bifurcados de tu geografía te han llevado a la estrellita peninsular —catre sur y no cuna primera ni eterna— y andas paseándote como turista asustado entre verdaderos tamales humeantes y masas de puerco fritas, refritas, crujientes. Te lanzas y flotas entonces en el furor del jugo frappé en tropelía que deja la perenne piña explosiva que es tu cabeza bilingüe. Exputadas pinñaples al tamarindo swing haciendo tú torticas de arepas mentales y observas las chirimoyas y papayas tan olorosas, deseadas y dichosas de verte llegar, hambrienta de ellas, carnosas frutas del placer del mamoncillo. Y nadie más se da cuenta, pero tú ves por doquier cómo vuelan las mariquitas, se tronchan las yuquitas y las malanguitas chillan con las chicharritas, viejas cotillas chismosas que se acoplan con las empanaditas mientras crujen las empellitas y conviven todas en diáfana paz entre caballitos del diablo y cucarachitas golosas que deambulan por el pegoste del suelo, miga en boca. No te asombras, entonces, cuando ves en este palacio del pueblo, de tu pueblo en la lejanía de nunca haberlo sido, al cheo que toma guarapo en camiseta "Perro" orgulloso de su "red-neck-tan" y al tipo del machete que guillotina cocos y al viejo que escupe tabaco justo cuando pasas tú en sandalias metedeo. Razón por la que tiemblan de risa contagiosa los bananos, las ananás y los plátanos machos que se burlan de tu sufrida bobería mientras manos fructíferas te salpican de la espesa manteca del lechón por libra y del vapor del congrí por cucharón que le sirven a la gorda culona que anuncia a quien la escuche que ella no piensa cocinar más nuuunca en su vida, quevá, si aquí está todooo taaan ricooo, y crunch, le suena una mordida a un chicharrón a la par que su hombrón, portador de enorme reloj y anillo con cabeza de indio le pasa una mano grasienta por una nalga, sobándole sabroso la celulitis mientras los dos comen con la boca abierta. Tampoco te perturba ver, con un leve viraje de cuello hacia el parqueo, a la jevota que sacude melena teñida de ¿rubio? y requetesuena las gemas falsas y las joyas apenas desempeñadas mientras en el retrovisor se emperifolla su princidescarada jeta porque se percata que los pepillos, mozalbetes visuales del palacio la esperan… guiñando un ojo y después el otro, frunciendo labios y lamiéndose dientes imaginándosela toda atada a un mamey —pulpa roja semilla negra— o a una piña empecinada en su dulzor, o al tamarindo túrgido que les cuelga entre los muslos, esperándola.

Y tú, cagándote en la hora en que se te ocurrió aterrizar aquí por esa nostalgia enfermiza de dártela de folclorista espontánea dentro de tu propia-qué, tratas de abrirte paso entre las masas, las heces de dicción y los ases del servicio del trío culinario detrás del mostrador que se te quedan mirando, arms akimbo, asere, y te preguntan que "qué tú quiere niña". Ah, si lo supiera, viejo, si lo supiera. Mientras me lo voy a inventar, verás. El tipo tiene aspecto de guajiro, pero resulta colombiano, aprecio. ¿Y cómo así, tan lejos del mostrador de las arepas, aquí, al lado de los tamales cubanos y las masas refritas? ¿Y cómo así, todos nosotros tan lejos de todo lo que supuestamente nos pertenecía, por ley de parto? El hombre se impacienta, así que dilo, reinita de este culinario carnaval, me digo, qué es lo que quieres tú, aquí, que estás estorbando, resbalosa e indecisa, en medio del jugoso chicharrevolucionario palacio donde todo líquido debe ser endulzado a tal punto que te convulsione a ser o no ser casi caña, queriendo serlo pero apenas llegando a lograrlo, como las tantas revozafras de tu infancia en tu memoria, aturdida como ese ratón que se te aleja mientras miras el anón que cae en cámara lenta al piso y se abre, pulpa blanca semillas negras, y te acuerdas de las explosiones convulsivas de tu primer orgasmo... pero la mujer que acaba de remplazar al colombiano del mostrador te castañea los dedos y te tronca el trueno y te sacudes del momento y te arriesgas a consumir el placer como si corrieras entre nuevas esbeltas cañas, ésas que parieran los gránulos de la muerte de agria sacarina.

Miras otra vez a tu alrededor, ellos y tú, y repican tus tripas. Das un paso y ya, caíste entre los fundadores y los invasores del palacio de la diabetes y el colesterol con triglifusiles en alto, dices y sonríes. Porque ya estás aquí, aunque de observadora imparcial, dirías, de la toma del palacio de la jugosa chicharrevolución donde los jugos gastrirricos y la manteca te recuperan una vez más como hija, aunque no tan pródiga, de todo esto que se te quedó trabado en el paladar. Por eso, dale, mastica todo esto ya con la glotonería propia de una caricia rechazada pero deseada, y eructa después el grito del reproche que bien sabes nunca te guiará a la libertad de la memoria agria que conservas, aunque te escondas allá arriba, en el norte del medio del mapa del imperio de los imperios.

Johanny Vázquez Paz nació en San Juan, Puerto Rico. Entre sus libros se encuentran *Sagrada familia* (Isla Negra Editores, Puerto Rico, 2014), *Querido voyeur* (Ediciones Torremozas, España, 2012) y *Poemas callejeros / Streetwise Poems* (Mayapple Press, Michigan, 2007) el cual fue premiado en el International Latino Book Awards (California, 2008) y fue nominado para los premios PEN Beyond Margins 2007 y el Pushcart Prize 2007. En noviembre de 2012, Johanny recibió el primer premio en la categoría de poesía en el Concurso de Cuento y Poesía Consenso de la Universidad Northeastern Illinois por su colección "Sagrada familia". Además, recibió el segundo premio en el mismo certamen por su cuento "La muda". En 2001, co-editó la antología *Between the Heart and the Land / Entre el corazón y la tierra: Latina Poets in the Midwest* (MARCH/Abrazo Press), la cual ganó el primer premio de la organización Chicago Women in Publishing en el 2002. Su trabajo ha sido incluido en las antologías *City of Big Shoulders* (University of Iowa Press, 2012), *Ejército de rosas* (Boreales, 2011), *En la 18 a la 1* (Vocesueltas, 2010), *The City Visible: Chicago Poetry for the New Century* (Cracked Slab Books, 2007), *Poetas sin tregua-Compilación de poetas puertorriqueñas de la generación del 80* (España, 2006), entre otras. Actualmente, es profesora de español en Harold Washington College en Chicago, IL.

La muda

JOHANNY VÁZQUEZ PAZ

El libro que fue a buscar aquella tarde en la librería se encontraba en el último piso de la tienda, escondido en una esquina solitaria donde colocaban los pocos libros en español que vendían. Bajaba por la escalera mecánica con una novela en la mano. Estudiaba palmo a palmo cada rincón de su pronta adquisición. Miraba la portada con un dibujo de una mujer recostada en un sofá. La contraportada tenía varias citas que proclamaban sus buenos atributos, usando adjetivos como épica, sugestiva, absorbente. Cuando ya había estudiado el exterior del libro y se preparaba para abrirlo, la escalera mecánica llegó a su final y arribó al segundo piso. Con sus ojos todavía en el libro, viró hacia la izquierda sin prestar atención y se adentró en el escalón movedizo que la llevaría hasta el primer piso. De repente un hombre se le cruzó en el camino. Paró movida por el instinto, y escuchó cuando este le pedía disculpas. Le hizo un gesto con la cabeza, y siguió su camino con los ojos en el libro y la mente alejada de la realidad.

En el año que llevaba en Chicago, Cucusa ya se había acostumbrado a no socializar mucho con la gente que se encontraba al salir de su casa. Al principio le parecía raro. Cuando entraba a un ascensor, la gente ni se daba los buenos días. Lo mismo pasaba en el tren o el autobús, aunque estuviera codo a codo, la gente no se hablaba. En su país era todo lo contrario, todo el mundo se saludaba en la calle. Antes pensaba que en su patria eran demasiado entrometidos, y anhelaba poder vivir sin que nadie estuviera pendiente a ella. Ahora que lo había conseguido, sentía el anonimato como una muerte prematura.

Mientras bajaba las escaleras mecánicas de aquella librería, su mente estaba concentrada en descubrir el mundo literario al cual pronto se iba a adentrar. Un mundo en el cual sus personajes eran protagonistas y la importancia de sus vidas era tan inconmensurable que movía a anónimos extraños, como ella, a pagar por conocer sus penas y glorias. Estaba consciente de que nadie pagaría por saber los detalles aburridos de su vida. A nadie le interesaría conocer lo que ella sentía detrás de su patética timidez.

Cucusa no se dio cuenta de que el hombre con quien había chocado le seguía hablando, pero pronto sintió cierto aire de tensión en su espalda y notó que el enojo de la voz que escuchaba estaba dirigido a su persona. El hombre era joven, con la tez oscura, y, por lo visto, fue ese contraste entre el tono de la piel de ambos lo que hizo que el joven pensara que ella lo ignoró por algún tipo de prejuicio racial. Le decía con sarcasmo que no tuviera miedo, que él no le iba a hacer nada. Cucusa se sintió avergonzada y sintió deseos de explicarle que ella era de una isla llena de habitantes como él, incluyendo a su tío Memo y a varios primos, y su esposo, tal vez no sea tan oscuro, pero blanco no es...

Todavía abochornada, Cucusa no encontraba las palabras apropiadas para explicarle al joven lo que quería decirle. Todos los pensamientos que le llegaban a la mente se acumulaban apretados en español, y debía traducirlos antes de abrir la boca. Su primera reacción fue enseñarle el libro que tenía en la mano. El extraño miró la portada y se dio cuenta de que era en español, sonrió y le hizo entender que comprendía la razón de su silencio. Ella le devolvió la sonrisa y, entre muecas y movimientos de las manos, se entendieron hasta parecer casi amigos.

Cuando salió de la librería exhaló aliviada el miedo que siempre cargaba en el pecho. No podía evitarlo, temía hablarle a la gente; han sido tantas las veces que ha sentido el hastío y la impaciencia de otros por no entender lo que ella decía. Cuando se pone nerviosa se le va la mente en blanco y no puede verbalizar lo que quiere decir en inglés. Ella que vive recopilando palabras en sus cuadernos, para luego buscar el significado y aprendérselas hasta que sean parte de su léxico. Pero prefiere acumular palabras que pronunciarlas erróneamente. Ahora que se siente tan feliz al salir de la librería, la idea de la mudez por elección propia no le parece descabellada ni insólita, todo lo contrario, le parece el único camino hacia su felicidad perdida.

Después del atraso del tren, Cucusa llegó a su casa a

toda prisa a cocinarles la cena a su esposo Frank y a su hijo Frankie. Como siempre, los dos habían ido a algún lugar después del trabajo y la escuela, y ninguno se tomó la molestia de llamarla para informárselo. Esta vez, en vez de molestarse, se alegró de comer en paz leyendo su novela nueva.

La mañana siguiente preparaba el café y el desayuno cuando su esposo e hijo salieron sigilosos de sus dormitorios esperando el usual interrogatorio. Para sorpresa de ellos, Cucusa estaba feliz cantando una canción mientras hacía unos huevos y ponía el pan en la tostadora. Cuando ambos se excusaron de desayunar por falta de tiempo, ella contenta se despidió y siguió comiéndose su tostada. Tan pronto se fueron, Cucusa buscó su novela para seguir leyendo la historia de una mujer rica que tenía una familia llena de problemas, mientras ella mojaba el pan en la espuma del café convencida de haber descubierto la manera de evitar problemas en la suya.

A partir de ese día sus días fueron más llevaderos. Cuando salía no hablaba ni emitía sonidos con su voz. Inventó un lenguaje de señas y muecas con el cual podía comunicarse con los extraños sin tener que torturar su voz pronunciando palabras foráneas. Luego fue a la biblioteca y sacó los libros que encontró sobre el lenguaje de señas. Practicó los movimientos en el espejo del baño hasta que se sintió más cómoda usando señas que palabras.

En los lugares que frecuentaba ya era conocida como la muda. Las mismas personas que anteriormente perdían la cortesía por tener que bregar con alguien que no sabía inglés, ahora se desvivían por ayudarla, mirándola con una pena que contrastaba con la otra cara de desconfianza que ponían cuando escuchaban un acento diferente al suyo. Como era pelirroja y blanca todos asumían que era americana. Si no hablaba podía, por fin, sentirse bienvenida a este país al cual su esposo la exilió lejos de todo lo que le era familiar.

En su casa descubrió que el silencio, contrario a lo que dicen los expertos, era la clave de un matrimonio duradero y de una relación cordial con su hijo. A duras penas intercambiaban frases durante el día. Cada uno era feliz haciendo lo que le gustaba hacer: Frank embelesado con sus juegos de béisbol, Frankie con sus videojuegos, y Cucusa extasiada leyendo sus novelas. Cualquier extraño que asomara la cabeza por la ventana pensaría que era una familia feliz.

Al principio Cucusa se sintió sola, pero luego llenó su soledad con las voces de los personajes de sus novelas. Todo el día intercambiaba opiniones con el narrador y le discutía sus decisiones y las cosas que hacían los personajes. Cuando el enojo llegaba al borde del divorcio literario, castigaba la novela metiéndola en la gaveta de su mesita de noche. A Madame Bovary la tuvo castigada por dos semanas y le decía: -¿Cómo es posible que Rodolphe no ame a Emma después que ella abandonó a su marido?-. Cuando retomó la lectura y Emma se suicidó, le dio patadas al libro y lo condenó por vida al solitario y oscuro calabozo de su gaveta.

Al principio, Frank no notó el cambio en el comportamiento de su esposa. Después de todo él nunca le prestaba atención. Mientras ella le reclamaba cosas para la casa, o lo mareaba con sus preocupaciones por Frankie o, peor aún, le contaba las historias incomprensibles de sus novelas, él se ponía a pensar en otras cosas. No soportaba esa manía de su mujer de agobiarlo con problemas. Creía que ella debía resolverlos, después de todo no trabajaba y se pasaba el día sin hacer nada, sólo leer y leer, como si eso ayudara a pagar las cuentas.

Hasta que se escapó un viernes a un bar, conoció a una mujer y la invitó a un motel. Después de la acción, se quedó dormido y llegó de madrugada a la casa. Por el camino delineó estrategias para que su mujer no se diera cuenta de nada. Llegó sigilosamente hasta la cama, y se deshizo de cualquier evidencia al otro día. Pasó todo el día esperando el ataque, pero su esposa no le mencionó nada. Al cabo de las horas, empezó a seguirla por toda la casa, revisando los libros que leía, las palabras que escribía en su cuaderno. Parecía como si le hubieran cambiado a su mujer por otra. Toda conjetura parecía más creíble que pensar que su esposa se había vuelto comprensiva y llevadera de la noche a la mañana. Si le preguntaba si se sentía mal, ella le aseguraba que estaba bien. Y mirándola bien, Cucusa se veía serena y apacible haciendo las tareas de la casa y, cuando la observaba leyendo una de sus novelas, hasta parecía estar feliz.

A veces Frank escuchaba unos murmullos que venían del cuarto donde Cucusa estaba. Una vez le preguntó con quién hablaba, y ella le contestó que estaba cantando. Pero Frank estaba seguro de que ella no cantaba, inclusive, creía que su esposa estaba discutiendo con alguien. Mientras más lo pensaba, más iban creciendo sus sospechas. Si Cucusa no le discutía como antes era porque tenía un amante, no podía haber otra explicación. Quería sorprenderla hablando por teléfono con el otro. Pero Cucusa nunca llegó a hablar con alguien por teléfono. Inclusive, aparentaba no tener interés alguno en contestarlo, y no despegaba ni un dedo de su novela.

Pobre es la vida de un hombre cuando los celos se tragan la tranquilidad de su alma. Frank pidió un día libre en el trabajo para espiar a su mujer. Se vistió con traje y corbata como siempre. Luego esperó en su carro hasta que la vio salir más bella e inalcanzable que nunca. La siguió hasta la estación del tren y los dos abordaron. Se movió de vagón para estar más cerca de ella. La vio sentada leyendo su libro, ensimismada en su mundo de ficciones. Cuando llegó el tren a su próxima parada, los dos salieron. Caminó dos cuadras y entró a una librería. Por supuesto, pensó, debe ser alguien conectado a esa obsesión de su mujer.

La vio subir hasta el tercer piso por la escalera mecánica. Parecía conocer bien el lugar y saber a dónde iba. Frank la espiaba manteniendo algo de distancia. Su esposa estaba concentrada mirando los libros que había en los estantes, cuando un hombre se le acercó por la espalda y le puso la mano en el hombro. Parecía ser un empleado. Le entregó un libro a Cucusa. Frank no estaba seguro si fue por el libro o por el hombre que su esposa reaccionó emocionada. Ella estaba más expresiva que nunca, moviendo las manos animadamente. El hombre sonreía, mirándola con una mezcla de cariño y compasión, que más que darle celos a Frank, le hacía sentir envidia por esa mirada que una vez él le ofreció a la misma mujer.

Los vio alejarse juntos, bajar las escaleras mecánicas, el hombre mirándola de aquella manera, Cucusa moviendo simpáticamente las manos al hablar. Se dirigieron a la caja registradora. El hombre se paró en el lado de los empleados del mostrador. Entonces vio la prueba que buscaba. Estaba seguro que lo vio agarrándole la mano a su esposa cuando esta le entregó el libro para pagarlo. Agarró completamente su mano, como si no quisiera soltarla.

Frank fue directo adonde su esposa, la haló por el hombro, le empezó a gritar descontrolado, despotricando insultos en español que nadie a su alrededor entendía, incluyendo Cucusa que no comprendía por qué su esposo le estaba gritando, enfrente de todas esas personas que antes la miraban con ojos de cariño, y no como ahora que la están mirando con esa expresión de hastío hacia estos extranjeros gritones que vienen a perturbar las maneras civilizadas de esta gran nación. Cuando por fin descifró que Frank estaba celoso del empleado de la librería, sintió, más que miedo o rabia, cosquillas. La carcajada salió a encontrarse con los oídos de los testigos que, sorprendidos, escuchaban por primera vez a la muda emitir sonidos de su boca. Con las notas de su risa todavía vibrando en la librería, Cucusa salió feliz platicando con el nuevo amigo que tenía entre sus manos.

*

No, no y no, usted me disculpa, este no puede ser el final de esta historia, ¿cómo voy a terminar muerta de la risa cuando mi marido me pegó cuernos con una mujerzuela que conoció en un bar?, ¿y qué es eso de pobre es la vida de un hombre...?, pobre es la vida de una mujer que espera hasta la madrugada y se queda callada al otro día sabiendo que su esposo huele a otra, aunque se bañe mil veces. No, qué va, en mi caso me veo forzada a callar y a no perseguirlo, porque si lo hiciera y me lo encontrara con otra, ¿cree usted que él se moriría de la risa?, no, pues, claro que no, seguro se enojaría y me gritaría hasta dejarme sorda, ya bastante tengo con ser muda. Yo me imagino que usted debe pertenecer al sexo masculino, porque como manipuló el cuento a favor del canalla de mi esposo, el "pobrecito", que sufre porque piensa que le estoy haciendo lo mismo que él me hace a mí. No, usted me disculpa, si cuando hablo me ignoran, y cuando callo desconfían en mí, usted perdone, es más, ni perdón ni lo siento ni disculpe. ¡Qué manía tenemos las mujeres de pedir perdón por todo! Yo no voy a permitirle a usted ni a nadie que escriba mi historia; yo misma voy a escribir mi realidad.

*

El libro que fui a buscar aquella tarde en la librería se encontraba en el último piso de la tienda, escondido en una esquina solitaria donde colocaban los pocos libros en español que vendían. Bajaba por la escalera mecánica con una novela en la mano. Estudiaba palmo a palmo cada rincón de mi pronta adquisición. Miraba la portada con un dibujo de una mujer recostada en un sofá. La contraportada tenía varias citas que proclamaban sus buenos atributos, usando adjetivos como épica, sugestiva, absorbente. Cuando ya había estudiado el exterior del libro y me preparaba para abrirlo, la escalera mecánica llegó a su final y arribé al segundo piso. Con mis ojos todavía en el libro, viré hacia la izquierda sin prestar atención y me adentré en el escalón movedizo que me llevaría hasta el primer piso. De repente un hombre se me cruzó en el camino. Paré movida por el instinto, y escuché cuando este me pedía disculpas. Le hice un gesto casi imperceptible con la cabeza, y seguí con los ojos todavía puestos en el libro. Una vez los dos nos alineamos, uno detrás del otro, sentí que sus ojos estaban puestos sobre el libro que llevaba conmigo. El hombre, joven, alto y guapo, parecía ser empleado de la librería.

"Muy buena selección", me dijo. Me sorprendió que él me hablara en español y comenzamos a charlar sobre diferentes autores y libros.

"Me doy cuenta de que te gusta leer tanto como a mí. Aquí en este país no tengo con quien hablar sobre literatura escrita en nuestro idioma. ¿Qué tú crees si hacemos un club de lectura?"

Cuando salí de la librería inhalé fuertemente el aire frío que revoloteaba a mi alrededor, y exhalé sintiéndome feliz de tener un nuevo amigo con quien platicar.

FEBRONIO ZATARAIN es de origen mexicano. En 1989
emigró a EEUU, y desde entonces se ha dedicado
a la promoción de la literatura a través de talleres y
de revistas culturales. En la actualidad, está encargado del taller literario de la revista contratiempo
en Chicago. Su más reciente libro publicado es la
novela *En Guadalajara fue*.

Las nubes, Paz, Sartre y Savater

Febronio Zatarain

No creemos en Dios, creemos en José Alfredo.

Ana Belén

El viernes pasado se inauguró el Instituto Cervantes. Sus instalaciones están en el piso veintinueve del John Hancock. Este edificio es el segundo más alto de la ciudad. Su construcción, en 1969, vino a eliminar los restaurantes, cafés y galerías que le daban un toque parisino al norte del Loop. Hoy en día este obelisco negro y despuntado, hecho más que todo de concreto y de acero, le ha dado a Chicago un carácter colosal. El evento de apertura fue una conferencia sobre la actualidad de El Quijote. Los ponentes fueron los españoles Joaquín Garrido, Francisco Moreno y el gran pensador Fernando Savater. Por los ventanales se miraban algunos rascacielos y a lo lejos un pedacito del lago Michigan. El primer expositor fue Garrido que nos explicó cómo la literatura moderna se inició con la obra de Cervantes, pues éste situó a la máxima de Sócrates, conócete a ti mismo, en el centro del debate, no sólo en la novela del siglo diecisiete sino en la novela de todos los tiempos. Moreno, sembrando el terreno que Garrido había surcado, partió de la frase: todo está en El Quijote. Señaló que obras como Los Hermanos Karamazov, El Proceso y Cien años de soledad, eran variaciones de la gran pieza escrita por Cervantes. Luego tocó el turno a Savater, quien aseveró que El Quijote era tan vigente que se podía utilizar como un instrumento para intentar comprender el mundo actual. Esa afirmación me hizo alzar las cejas y asentir. Posteriormente, Savater señaló que él no era el postulador de esa tesis, sino Borges, quien la desarrolló en su cuento "Pierre Menard, autor de El Quijote". Yo acababa de leer el libro de Ficciones, y todo lo que señalaba Savater era muy similar a lo que yo había meditado; era como si me estuviera leyendo la mente: ...el Quijote de Cervantes sirve para dar una explicación del mundo social creado hasta el primer cuarto del siglo diecisiete, en cambio el de Pierre Menard nos da herramientas para examinar al hombre y a las sociedades que están en el umbral del siglo veintiuno. A la hora de la recepción, mientras hacía cola con mi amigo Rodrigo para servirnos un Rioja, empezaron a poner en una amplísima mesa una gran variedad de viandas: aceitunas aliñadas, jamón ibérico, ternera asada, queso de cabra, brochetas de pollo, gambas al ajillo, mejillones a la marinera, pulpo, calamares, morcilla, chorizo y muchas otras delicias de la cocina española. Después de servirnos el tinto, agarramos cada quien un plato y lo colmamos de bocadillos. Nos entreteníamos viendo las obras de un pintor que se apellidaba Montalvo, cuando Savater se nos acercó y me dijo: Por un momento sentí que tú eras la única persona que entendía lo que yo estaba diciendo, y que vine a Chicago sólo para decirte estas cosas a ti. Una mujer lo interrumpió y se lo llevó para presentarlo con algunos de los cónsules latinoamericanos que habían asistido al evento. ¿Qué le diste?, me preguntó Rodrigo. Nada, solamente estuve asintiendo lo que decía en su ponencia; todo me pareció genial. Yo la verdad perdí el hilo desde que mencionó al Quijote de Menard. Sí, es que si no has leído el cuento de Borges es imposible entender lo que dijo, ¿quieres más vino? Regresaba con las copas ya servidas cuando Savater, con una seña, me dio a entender que lo esperara. La seña era innecesaria, pues luego de ese halago, de los bocadillos y del buen vino que estaban sirviendo era imposible que yo pensara en irme de allí. Rodrigo me preguntó que cuánto tiempo más me quería quedar, le dije que no sabía, que tenía que esperar a Savater. Yo me voy después de esta copa, me dijo. Rodrigo acababa de irse cuando regresó Savater con un rostro que reflejaba molestia. Ese cónsul de México me tiene harto, dijo moviendo su mano izquierda en la que traía un pedazo de morcilla, piensa que su Partido es el más maduro y democrático del mundo; incluso aseguró que a Felipe González lo habían capacitado en el PRI a principios del setenta y nueve. El cónsul se llamaba Heriberto Galindo y era famoso porque nunca dejaba hablar a sus interlocutores; se decía que había interrumpido hasta al mismísimo alcalde Richard Daley para echarse sus peroratas. Cuando me pongo así, continuó Savater, soy como Buñuel, oye, ¿no hay de casualidad alguna cantina mexicana por aquí? Conozco varias. Espérame en los ascensores y a la primera oportunidad me escabullo. Ya en el elevador me preguntó que de dónde era. De México, le respondí. ¿Y por qué te viniste tan al norte? Es que estoy haciendo un doctorado en Historia, pero la lejanía y la nostalgia me han acercado a la literatura. Después se quedó callado y observó un monitor que se encontraba en una de las esquinas superiores del ascensor; en éste aparecían las noticias más importantes del día, también comerciales sucesivos de bancos, de automóviles, de agencias de viajes, y además se mostraban cifras sobre la bolsa de valores, el estado del tiempo y la hora. Eran las 7:53. Subimos al taxi y Savater seguía sin hablar, los años me habían enseñado que cuando el maestro calla hay que secundarlo. No lo sacaron de su mudez la gente bella y cosmopolita de diferentes colores que iba y venía por las aceras de la avenida Michigan con sus bolsas de Marshall Fields, Banana Republic y Macy's; tampoco dijo nada cuando pasamos por encima del río y vimos cómo éste se iba ensanchando hasta que se confundía con el lago; ni siquiera la majestuosidad del edificio Sears, que se podía apreciar a plenitud desde la avenida Roosevelt, lo hizo salir de su mutismo; no fue sino hasta que dimos vuelta en la calle Blue Island que preguntó: ¿Qué pasó por aquí? Un correcaminos, señor. Y echándome una mirada pícara me dijo: Muy buena. Luego apuntó hacia el lado izquierdo donde se encontraba una serie de edificios de colores grises y opacos. Son parte de los proyectos habitacionales que el gobierno construyó a fines de los cuarenta y principios de los cincuenta, y yo creo que desde entonces no les han hecho ningún arreglo notable. Parecen jaulas. Lo mismo pensé yo cuando recién llegué; alguien me dijo que ponen las mallas de alambre en los balcones para evitar asesinatos, suicidios y accidentes. A nuestro lado izquierdo había una vinatería, y sentados en la banqueta convivían varios negros y negras, algunos con sus grandes botellas de cerveza de malta metidas en una bolsa de papel, y otros con una botella de una pinta de algún licor fuerte y barato. El taxi cruzó el paso a desnivel que marca la entrada a Pilsen; entre las primeras casas había una que estaba desmoronándose, en ella había un letrero en el que todavía se alcanzaba a leer: somos un pueblo sin fronteras. El semáforo se puso en rojo. Apenas atardecía. A lo lejos se divisaban unas nubes que se distanciaban del rosado para internarse en el púrpura. Más acá, en la esquina derecha del otro lado de la calle Dieciocho, estaba la cabina de Radio Arte, a través de cuyos ventanales se podía ver a una joven que llevaba puestos unos audífonos y hablaba frente a un micrófono. Del lado izquierdo estaba la biblioteca Rudy Lozano, y en la parada del camión de la ruta 60 había tres jóvenes de botas y sombrero, vestidos impecablemente como para irse a bailar quebradita. Apareció la luz verde. De la Casa del Pueblo salía una señora con el carrito de supermercado repleto y con sus tres hijos siguiéndola. Dejamos atrás el estacionamiento y el restaurante del súper, luego el Azteca Tacos, El Nopal Bakery... Yo sabía de los Ángeles, de Albuquerque, de San Antonio, pero nunca me imaginé que también en Chicago. El taxi se paró frente al Tito's Hacienda, del que ya empezaban a salir los primeros borrachos. Cruzamos la taquería que está a la mera entrada y nos acomodamos en los dos primeros taburetes que encontramos disponibles en la barra. Savater pidió un tequila Cazadores y yo pedí una cerveza Bohemia. Mientras brindábamos se oía una canción que decía: tú sabes que soy parejo, ya te lo dije una vez... La melodía me hizo recordar una escena que Savater narra en su novela El dialecto de la vida, y se la traje a su memoria. Él había ido a la UNAM a dar unas charlas sobre el pensamiento alemán del siglo diecinueve, y un día los maestros de la Facultad de Filosofía y Letras se lo llevaron al Tenampa, en la Plaza Garibaldi. Allí, mientras todos los filósofos ahondaban en las ideas de Nietzsche y Schopenhauer, de la vitrola que estaba al fondo salía la voz de José Alfredo Jiménez, estoy en el rincón de una cantina, oyendo la canción que yo pedí..., Savater se asombró de la sordera de sus acompañantes, ellos se obstinaban en hablar del concepto de Voluntad en la filosofía alemana, y no se percataban de que su contorno se estaba impregnando de poesía porque, con perdón de Octavio Paz, acotaba Savater en su libro, José Alfredo era el mejor poeta de México. Le pregunté que si ésa no era una afirmación muy atrevida. Quizá pero no es mía, me dijo, a principios de la década de los cincuenta, cuando Octavio Paz estaba de agregado cultural en París, un día recibió una llamada que lo llenó de alegría y de orgullo; Jean Paul Sartre, el pensador más controversial de la época, quería platicar con él; quedaron de verse al día siguiente en casa de Sartre. Pero dónde leíste esto, le pregunté. El propio Paz me lo contó; bueno, éste se llevó en su portafolio su Laberinto de la soledad recién editado y un ciento de poemas que iban a formar parte de su Libertad bajo palabra, título que se le ocurrió en ese instante como un homenaje al gran pensador francés; el mismo Sartre le abrió la puerta, el filósofo llevaba puesta una bata que cubría casi todo su pijama y calzaba pantuflas; lo pasó a la sala, le sirvió café y sin más protocolo le dijo que lo había mandado llamar porque tenía interés en obtener la obra completa de un compositor de música popular mexicana llamado José Alfredo Jiménez; le extendió un álbum que Simone de Beauvoir le había mandado de México, ella llevaba más de dos meses viajando por ese país con un escritor que había conocido hacía unos años aquí en Chicago, Nelson Algren; Simone, que por cierto Sartre cuando se refería a ella la llamaba El Castor, le escribía casi todos los días y en una de sus cartas le había dicho que en ese álbum, muy de moda en México, había varias canciones que la remitían a él, sobre todo la que decía: por la lejana montaña va cabalgando un jinete; Octavio Paz se quedó perplejo, no sabía nada de ese tal José Alfredo; Sartre, para ver si se le refrescaba la memoria, puso una de las piezas en el tocadiscos, se empezó a escuchar el mariachi y conforme iba surgiendo la voz del cantante, de Sartre salía un eco ronco con acento francés, por un instante Paz pensó que estaba soñando, que estaba dentro de una historia surrealista; Sartre, sin dejar de cantar, se levantó y empezó a caminar muy lentamente, llegó a la chimenea, puso sus manos sobre la cornisa y le salió una voz que parecía venir de lo más hondo del filósofo: vámonos, donde nadie nos juzgue, donde nadie nos diga que hacemos mal, vámonos, alejados del mundo,

193

donde no haya justicia ni leyes ni nada...; Sartre, el escritor que no había leído a San Juan de la Cruz ni a Góngora ni a Lope de Vega ni a Quevedo, que no sabía de una poeta llamada Sor Juana ni de un intelectual prolífico llamado Alfonso Reyes ahora se desgañitaba con los versos ni siquiera medianos de un tal José Alfredo..., Sartre seguía cantando con su rostro alzado y sus ojos completamente extraviados; Paz optó por abandonar el recinto sin despedirse, no quería sacar al anfitrión de su trance; una semana más tarde pasó por la embajada Carlos Fuentes, éste le habló de un proyecto de novela sobre el siglo veinte mexicano narrado en primera, segunda y tercera persona; la única recomendación que Paz le dio fue que le pusiera como epígrafe algún verso de un cantante popular llamado José Alfredo Jiménez. Todo esto me contaba Savater cuando de repente a una persona que estaba a tres taburetes de nosotros le metieron un puñetazo en la mejilla izquierda, el hombre se tambaleó un poco pero luego reaccionó y le respondió a su contrincante con un golpe en la nariz y otro en el estómago, se trabaron y cayeron al piso, las cantineras se volcaron sobre ellos y lograron separarlos. Por qué le pegaste, preguntó una de las cantineras al agresor mientras le limpiaba la sangre del rostro. Porque me miró feo. Él así mira güey. Al ver la sangre me puse más nervioso y le pregunté a Savater si se quería ir. En vez de responder buscó a una cantinera que ya se había acomodado atrás de la barra y le pidió otro Cazadores y otra Bohemia, luego volteó a verme y me regaló una sonrisa que le achicaba los ojos y dejaba al desnudo sus encías.

OTRAS OBRAS PUBLICADAS EN
ARS COMMUNIS EDITORIAL

Bidrioz
RAÚL DORANTES

Play
LUIS ALEJANDRO ORDÓÑEZ

El Monstruo Mundo
AZUCENA HERNÁNDEZ

Rojo sobre blanco y otros relatos
FERNANDO OLSZANSKI

ARSCOMMUN.COM